初夏的飞鸟

穿行于四季的旅途与省思

张 洋 著

华文出版社
SINO-CULTURE PRESS

前　言

十三年前，我告别酷暑中的北京，前往新加坡生活和工作。飞机在厦门经停，我透过候机室的落地窗，望着天空中的积雨云，畅想着自己的未来。自幼我便许愿要周游世界，而幸运之门为我打开，最终得以成行。通过这扇门，我走向一个动人心魄的未知领域。

我是回族，一个讲中文、信仰伊斯兰教的民族，一个在迁徙中形成和延续的民族。每一个回族人自出生之日起就面临着两条交织的道路——脚下的征途和心灵的求索。很多朋友得知我是穆斯林，都很羡慕地说：你有信仰真好。信仰，是甘甜的，也是纠结的。它带来宁静，也带来激荡，它是每一个穆斯林生活中的盐，一旦选择，终生为伴。

在多年的游历中，我走过广袤的大地，遇到形形色色的人们，他们给我以温暖和感动。至今回想起来，他们面貌清晰，余音未散。更重要的是，这游历让我认识了自己，帮我勾勒出自己的心路。这条心路，带我回家。

回到北京的日子里，因为工作的紧张和自身的慵懒，我一直没有完整地记录下这段意义非凡的周游世界之旅。直到女儿哈米黛出生并渐渐长大,她继承了我和我民族的宿命,也开始了迁徙的旅程,并且在错综交织的文化体系中寻找认同感。解决她幼小心灵中的困惑,是我的责任。

于是,我重新拾起那些记忆的碎片,整理出这个集子。把它呈献给自己的亲人,自己的同胞,以及那些意欲了解世界,了解穆斯林精神领域的朋友们。尽管这些是我和他人的故事,但愿你们能够在这段旅程中遇见自己。

目 录

纱暮中的安圭利亚 / 001

小寺的流年 / 009

初夏的飞鸟 / 013

京城里的两座麻扎 / 019

开斋节的库尔德语短信 / 031

彼得·诺曼的葬礼 / 035

自由的歌者 / 045

悉尼路上的粮店 / 053

夏日的最后一抹晨曦 / 057

拜叔的比萨 / 061

冰封的铁皮船 / 067

菩提国里的星光 / 077

流浪的波斯 / 083

布拉格的犹太人博物馆 / 089

巴黎的牺牲节 / 099

西色雷斯人的主麻 / 105

舶来的小屋 / 111

没有枪声的莱克星顿 / 123

寻找消失的栅栏 / 131

纱暮中的安圭利亚

我离开了星洲,也失去了马赫布布的联系方式,我甚至一直不知道长胡子兄弟的名字。我再也没有进行过那样的"达瓦"(传教)。然而,人生又何尝不是另一场不间断的"达瓦"?我一直游走在唯理性思维与感性体验的边缘,挣扎着去兑现我的举意。

暮霭降临,空气中刮起热带的熏风,落日的余晖和淡淡的华灯散落在"小印度"的街市。穆斯塔法购物中心门前人流涌动,该购物中心在南亚一带很有口碑,旅行到新加坡的印巴人大多会在这里购物。街上走着三三两两的南亚打工者,下了班之后在这里闲逛。皮肤黝黑,穿短裤的是印度的印度教徒,而穿长衫的印度人则是穆斯林。从中不难区分出巴基斯坦人,因为他们大多留着络腮胡须,且身材相对高大。孟加拉人长着特点突出的颧骨,目光温和,面相静。身居此间一段时间,你便可以感到这种共性与个性的融合。

我初到星洲的时候,每个周四傍晚会来到这里。"安圭利亚",是购物中心斜对面一座南亚风格的清真寺。我喜欢在夕阳将尽、暮色降临时凝视安圭利亚土黄色的围墙和不起眼的唤礼塔，它好像披上了一层薄纱，隐匿在喧嚣的街市中，显得低调而含蓄。此时此刻，此情此景之下，时间仿佛凝固了一般。无论是前五十年还是后五十年，清真寺昏黄的剪影都不会改变。礼拜的时间到了，安圭利亚的召唤低沉而深远，街上的人群开始向它默默收敛。

引我来到安圭利亚的是孟加拉人马赫布布，到新加坡的第二天我在公寓附近的清真寺里结识了他。马赫布布请我去他家吃了晚饭，之后几个南亚籍的老乡把我送上了公交车。或许这种关切源于他们扛着铺盖来狮城之初的窘境，他们担心我这个没有手机、没有公交卡的旅行者在这座城市里迷失。其实，我住在公司安排的服务公寓里，第二天一上班就可以领到配发的手机和电话卡，我的大批家当正在向马六甲海峡驶来的集装箱货轮上。他们的担忧是多余的，但这种对素昧平生、背景迥异的人给予如此关怀的经历，我在之前的生活中几乎从未感受过，他们弥补了我内心中独在他乡为异客的空虚。

每周四的昏礼和宵礼①之间，安圭利亚进行宣教讲座。我会在黄昏的纱暮②降临之前乘车到来，礼拜前大家七八个人一组，蹲坐在一个大盘子周围吃饭。我通常加入孟加拉人的一伙，把从附近咖喱店里打包的饭菜倒在盘子里。马赫布布总是用客气而怪罪的目光看着我，意思是我完全没有必要自己带饭过来。这些孟加拉人多是贫苦的打工者，住在简陋的工棚里，饭菜是他们自己做的。见到我来了，他们就在盘子旁边挤出一个身位让我加入。盘子里是咖喱米饭、辛辣的鱼肉或者鸡肉。没有餐具，所有人直接下手抓取。有时候大家嫌我吃得斯文，就攒一个饭团或抓一块肉推送到我这边，这是名副其实的"抓饭"。

---

① 每个穆斯林每天必须进行五次拜功：破晓一次叫作晨礼；中午一次叫作晌礼；下午太阳偏西之后一次叫作晡礼；黄昏一次叫作昏礼；入夜后一次叫作宵礼。
② 昏礼在波斯语中称为"纱暮"，多数中国穆斯林用波斯语念法称呼五次礼拜。

吃剩下的饭由马赫布布负责打包,他总是说:"还有人需要这些。"马赫布布是孟加拉圈子的领袖,可能是因为他为人热心,而且学识较高。他是一个软件工程师,总是一身传统的孟加拉过膝长衫、灯笼裤,留着修剪整齐的山羊胡,戴印有特色花纹的礼拜帽。

　　清真寺里的讲座由虔诚的长者或者宗教职业者进行宣讲。内容比较零散和抽象,多是伊斯兰教先知穆罕默德及其追随者传教的经历。主讲人用英语或马来语,下面的听众按照各自的母语分成几个小圈子,每个圈子有一名翻译。马赫布布负责孟加拉语小组的翻译,戴着一个耳机,同步翻译。我曾经问他如何练就了同声传译的技能,要知道这在翻译界是一个高难度技术,需要专业训练。老马谦虚地告诉我:这是一种恩赐,并且需要不懈的练习。

　　讲座之后是"举意"环节,"举意"是带有宗教意义的一种承诺,举意人会承诺完成某件善举。在安圭利亚的这个环节中,听众群情激昂、踊跃地报名去一些地方进行宣教活动。大家高声喊着目的地的名称,清真寺大殿的两边各有一个负责记录的人,拿着小本子逐一写下人名和目的地。我从未在安圭利亚"举意"出行,因为我还没有完全接受这种形式,我也一直难以捕捉到这种宣讲的逻辑。多年来唯理性的教育,总是让我从逻辑和效果方面去说服自己。当然,也很少有人刻意推动我去进行这种"举意"。尤其是马赫布布,一直在充当"保护者"的角色,比如当有人追着我来募捐的时候,他会从中打圆场,掏出几张大钞把募捐的人打发走。我知道那些钱对于他来说并不是个小数目,他还有一个孩子和怀孕的妻子要养活。多年以来我一直在问自己为什么要去安圭利亚——从唯理性的角度。在安圭利亚的每个周四傍晚,我能够找到自己的朋友圈和归属感。这远比一个人待在公寓里一边品冰饮一边看电视,或者靠在游泳池边的躺椅上吹风要快乐。但是我一直无法进入到安圭利亚人那种宣教的热忱中,尤其是当他们探起身子高声说出目的地的时候,完全是一种沉浸的状态,瞻前顾后的理性思维在此时并不奏效,尽管来安圭利亚的人中不乏计算机博士、银行经理和企业主这样的人等。

大家所报名的出游宣教,叫作"达瓦"。我向马赫布布询问"达瓦"的过程中都要做些什么,马赫布布并没有直接回答我,只是说去了就知道了。抱着强烈的好奇心,我委托马赫布布给我安排加入了一次为期两天的"达瓦"。

出行的那天,我卷上了公寓的白床单,又从沙发上抄了一个靠垫。背起行囊后,我在公寓门口回头凝视了屋子片刻,午后的阳光透过落地窗的纱帘洒在客厅里,宁静而优雅。茶几上放着刚刚送来的有线电视节目单。这一天是星期六,本可以晚上半躺在沙发里,一边喝可乐一边看英超直播,耳边传来公寓里的孩子们在旁边游泳池里嬉戏的声音。在这样一个阳光明媚的日子里,躺在泳池旁的帆布长椅上,翻一翻通俗小文,然后在凉风中小憩,也是个不错的选择。这一刻,我驻留在两个世界的交界处。

一起参加"达瓦"的人大约有十几个,多数是新加坡国立大学的印巴裔学生。其实我刚毕业也没有几年,本身也是学理工科出身,和他们还有很多共同语言。"达瓦"的目的地是樟宜附近一个普通的居民区,我们借宿在一座清真寺里。主要的活动之一就是挨家挨户地去拜访社区中的穆斯林家庭,请他们来清真寺礼拜。

第二天早上晨礼之后,我一个人来到了礼拜殿门口,向外面望去。昨晚下了雨,天空中垂着凝重的云朵。眼前是一片待开发的土地,视野很宽阔。一些中学生模样的孩子陆陆续续地从我面前走过,男孩儿们穿着胸口绣着清真寺图案的白衬衫,幼稚的面庞上带着一丝神圣的表情。女孩儿们则头戴雪白的盖头,穿着藏青色的长袍,走路静悄悄的,端庄而秀美。他们都背着书包或夹着书本,想是利用周末来寺里学《古兰经》的孩子吧。

一个留着长长的黑色胡须,面貌沧桑的大哥走到我身边。我在安圭利亚见到过他几次,他是个典型的巴基斯坦裔。从昨天我们住进寺里,他就一直陪伴着我们。我最初的印象是他的外表很威猛,让人觉得似乎有些难以接近。他先是像我一样望了一会儿远方,然后转过头来,微笑着轻声地叫我的名字,目光里充满了善意,"你是从中国来的?"我说是的。他继续说:"我们有些兄弟去中国做过'达瓦'。"我感到很好奇,"是吗?你们感觉那里怎么样?都去过哪些地方?"他只是微笑着,生硬地说出了我非常熟悉的一个北京地名——雅宝路。长胡子大哥仍然是很深沉的样子,面带些遗憾地说:"只是我们不能住在寺里,只能住在饭店里。"他说的应该是雅宝路的南下坡清真寺。长胡子大哥说罢和我握手道别,说晚些时候还会再回来,然后开着停在院子里的一辆厢式小货车走了。

下午,一个孟加拉老兄带着我们到一个遍布着小型机械加工作坊的厂区寻访,不少孟加拉老乡都在这样的工厂里打工。这里的生活条件非常艰苦,工人并没有专门的住所,也就是在车间里搭一些床铺。一排排厂房的间隔地带中横七竖八地摆放着一些厨具,有些菜板就丢在外面,上面还有切了一半的胡萝卜,任凭雨水打湿。厂房看起来有些年头了,里面潮湿而炎热,这里居住的是新加坡最底层的人群。

我们在一个车间里找到了两个孟加拉穆斯林,他们蜗居在车床和凌乱堆放的工具之间,生锈的风扇耷拉着脑袋,枯燥地嗡嗡叫着。闷热的空气中弥漫着机油的味道,他们都赤裸着上身,灶台上的咖喱鸡肉汤正在噗噜噜地开着锅。这两位浑身浸透汗水的兄弟,正准备利用一周中为数不多的闲暇时间吃一顿好饭。面对我们,他们的目光略显歉意。而对于我来说,这命运的巨大反差反倒更加令我惶恐和愧疚。同时我对"达瓦"也有了更深的一层认识。也许我的角色并不是一个宣导者，而是一个接受者。

晚间的宣教讲演者是长胡子货车司机兄弟。他语调深沉，饱含激情："亲爱的兄弟们，我很幸运地和你们度过了一天多的时间。今天晚上，你们就要离开这里了，回家、回学校、或者回到办公室……"说到这里，长胡子兄弟的声音哽咽了，不时地擦拭着眼角。他所讲的内容直白而具有冲击力："兄弟们，我们可以想象：如果我们把一滴热水，投入到一加仑的冰里面，结果会怎么样？我们现在的情形，就很像一滴热水，在这个冰一样的社会中，我们很容易冷却下来。反之，如果把一块冰，投进一加仑的热水中，情况又是怎么样呢？所以，我们应该珍惜我们的收获，回到各自的环境中，努力地去影响周围的人们，让他们和我们一样，充满热情，大家团结在一起。最终，我们将成为那一加仑的热水。而那一小块冰，对于我们又算得了什么呢？"

环顾四周，我发现了刚才走访的那个孟加拉工人，他头戴底色淡黄的小花礼拜帽，洁白的长衫上绣着金色的花边，正在全神贯注地聆听讲演，眼圈已经通红。他把自己从油腻的车床中升华了出来，不再是那个汗流浃背的躯体，而是一个沉静而感性的灵魂。讲演者与聆听者感动的来源除了讲演内容本身，更有他们各自的人生体验。这体验中有生计的坎坷、友人的离去、亲人的嘱托，而信仰将这些零散的体验穿成一条主线。

这时我也才理解为什么马赫布布没有简单地给出"达瓦"的定义，而是让我自己去感受。

后来在星洲的日子里，我前往安圭利亚的次数逐渐减少。一来是朋友多了，不再缺乏支点；二来是一直没有从理性的思维角度接受安圭利亚人的"达瓦"。斋月里的一天，我请马赫布布和他的几个老乡来家里做客。看到我优越的生活环境，他们似乎有些拘谨。坐了不长时间，马赫布布说要赶回安圭利亚礼夜间拜，匆匆走了。

从第一次邂逅安圭利亚,十多年过去了。我离开了星洲,也失去了马赫布布的联系方式,甚至一直不知道长胡子兄弟的名字。我再也没有进行过那样的"达瓦"。然而,人生又何尝不是另一场不间断的"达瓦"?我一直游走在唯理性思维与感性体验的边缘,挣扎着去兑现我去宣教的举意。在穿越了季节、海洋、大陆以及各种文明的长途旅行中,这挣扎成为一种体验,补足了我内心的阅历。

我不担心找不到马赫布布,未来重返安圭利亚的那个星期四,在黄昏降临的时刻,纱暮披洒在安圭利亚的土墙上,门口依旧停着长胡子兄弟的小货车。马赫布布头戴耳机,看到我踏进大门,他会从远处向我摆摆手,然后继续进行他的同声传译,就像上个星期四我们刚刚见过面一样。在那即将来到的彼时彼刻,我一定会沉浸、流泪。

小寺的流年

有一天父亲坐在小寺里，靠着木头柱子，伸直双腿，悠闲地对我说："这些天，我记起了许多小时候念过的苏勒（《古兰经》章节）。"话音未落，就面带陶醉的微笑，抑扬顿挫地吟诵了起来。这一幕和小寺的唤礼一样，连同星洲柔和的晚风，定格为一生的记忆。

巴西班让路沿着新加坡西海岸蜿蜒游走，路两侧树木茂盛，小巧的别墅和公寓时隐时现。这条路在新加坡以林立的精致教堂而闻名，而清真寺只有一座。我遵循前辈在迁徙中逐寺而居的习俗，在清真寺边定居。"巴西班让"（Pasir Panjang）来自于马来语，是个美丽的名字，意思是"长滩"。我猜在很久之前这里应该是一片绵延优雅的白沙滩。

我初来星洲的时候，暂住在城里的服务公寓。替我找房子的中介是个华人，名字叫 Jay。我给他的选择条件中除了离公司近，交通方便之外，就是要有一座步行距离可达的清真寺。Jay 很用心，帮我找到了巴西班让路靠近西海岸公园附近的一间公寓，距离公寓很近的地方有一座清真寺。签合同的那天我请 Jay 吃饭表示感谢。"你看，这个地方离你公司这么近。"Jay 兴奋地说着,"周五中午你可以从公司过来参加聚礼,然后吃个饭再回去上班都来得及。"Jay 虽然是个华人,但是对于穆斯林的习俗很在行。

　　清真寺是木质结构的,和路边的其他屋舍一样小巧精致,掩映在路边的树丛中甚至让人有些难以察觉。它的名字叫"苏莱曼清真寺",从标牌上看已经有一百多年历史了。和新加坡不少清真寺一样,这里没有常驻的宗教职业者,附近也没有穆斯林居民,白天的时候寺门开着,只有过路的人进来礼拜。我想多年前这里应该是一个马来人聚居的渔村,苏莱曼清真寺因此而建。随着周围工业化装卸码头的兴建和居住地的变迁,原住的穆斯林居民搬走了,留下这座小寺孤零零地守候,成全了我这个游子。

　　从我的公寓到小寺只有二三百步的距离,夜幕降临的时候,我换上白色长袍,戴着白色的礼拜帽去小寺参加礼拜。走在石板小路上,有时会和旁边国立大学的中国留学生擦肩而过。没有人过多地关注我,新加坡是个多元文化并存的社会,我这身打扮很稀松平常。这也是我喜欢星洲的原因——在这里彼此之间有边界,同时也习惯在差异中并存。每天晚上去小寺的路上是最放松的时刻,它满足我最本质的精神诉求,同时又不会引来周围的侧目。最爱小寺晚间唤礼时的那种意境,华灯初上,掩映在树丛中的小寺像一块晶莹剔透的碧玉。穆安津(唤礼员)站在窗口发出悠远的召唤,而我则踏着石板路,怀着崇敬和期待,向它走近……

　　小寺有两组"管理员",通常会在天擦黑的时候轮班骑着摩托车过来。小寺里有两位阿訇,一位胖胖的,性格开朗,声音洪亮;一位面色黝黑,性格沉稳。两位穆安津,一位身材消瘦,另外一位身体结实,两个人都少言寡语。他们每天定时过来开灯,开电扇,唤礼,礼拜,关电扇,关灯。日复一日,从不间断。我是小寺附近唯一的常住居民,晚间的两次礼拜通常只有三五个人参加——阿訇、穆安津、我，两三个出租车司机或路人。阿訇和穆安津都是兼职的，个别天气不好的时候，他们中只会来一个人充当阿訇，而我则替补成为穆安津，履行唤礼的职责，哪怕这唤礼再也召不来更多的礼拜者。

不久我把父母接来星洲与我同住。让父母住在一个带游泳池的公寓，每天能听到唤礼声，是我的夙愿。父亲的出现在小寺里引起了反响，有一次阿訇没来，他当仁不让地走到领拜的位置上，用标准的阿拉伯语音调诵读了《古兰经》。但父亲并不热衷于去小寺礼拜，他认为阿訇的水平不行。"你还不如在家跟着我礼呢，"父亲半开玩笑地说，"在家里我们是两个人，在那里也是两个人，回赐是一样的。"而我迷恋走石板小路上寺的感觉，还是会去寺里礼拜，父亲则留在家里写他的东西或者看韩国电视连续剧。

父亲年轻的时候曾受到宗教职业训练，在那个混沌的年代里，他和他的同伴一样，经历了彷徨和迷失，最终选择了教书。他有时会给我提起他过去的同学，说有一个人去中东给修路工程队当翻译，死在了海外。父亲在当地人的帮助下，找到了同学的坟墓，正要给他做杜阿（祈祷）的时候，当地人拦住了他。他们说这人生前表示过，自己不再信仰伊斯兰教了，因此不能再当作穆斯林对待。然而父亲还是在独自一人的时候给他做了杜阿。"也许他临终前自己做讨白（忏悔）了呢？"父亲这样诠释。迷失的归迷失，回归的注定要回归。有一天父亲坐在小寺里，靠着木头柱子，伸直双腿悠闲地对我说："这些天我记起了许多小时候念过的苏勒（《古兰经》章节）。"话音未落，就面带陶醉的微笑，抑扬顿挫地吟诵了起来。这一幕和小寺的晚间唤礼一样，连同星洲柔和的晚风，定格为一生的记忆。

新加坡地处热带，没有鲜明的四季，因此在这里我感觉不到时间的推移。每次从天寒地冻的北欧出差回来在小寺中礼拜，全身被温暖熏香的空气包裹着，会觉得安宁稳妥。而阿訇有时会在我独自礼拜时，静静地走到我身后打开我头顶的电扇。我们很少说话，但是他们的举手投足和眼神之间总显示出他们对我的关切。在阿拉伯语中称旅行者为穆飒飞，照顾好穆飒飞是伊斯兰的信条之一。在我的印象里，穆斯林就是天生的穆飒飞，或漂过五湖四海，或穿越雪岭重泽，终其一生在路上求索。而对于每一个旅行者来说，都有一座故乡的小寺在守候，无论它在大马士革还是撒马尔罕，它既是起点也是终点，更是一路的寄托。巴西班让的苏莱曼清真寺，就是这样守候着我。穆安津过来开灯、开电扇、唤礼、礼拜、关电扇、关灯，日复一日，从不间断，把我融化在时间里，再把时间凝固。只有看到他们去屋顶清理风雨打落的落叶的时候，我才会意识到十二月份的雨季来临，一年又过去了。

离开星洲的那一晚，我在小寺最后一次礼拜，阿訇和穆安津并不知道我这次远行不同于以往的出差，走了就不再回来了，我也没有和他们过多解释，只是握手道了"平安"。在小寺前一百年多年的历史和后一百年的未来中，我这个逐寺而居的旅行者注定也只是个过客。

之后我漂洋过海，又去了很多国家，走了很多路，在很多清真寺做礼拜。但是，再也没有一座清真寺给我那样的放松和宁静。过去多年了，唤礼的还是那个穆安津吗？他明知再不能召来更多的礼拜者，可还是日复一日地用悠远的声音呼唤。但至少，在远方纷繁嘈杂、行色匆匆的都市里还有我，那个永远的穆飒飞在聆听。

初夏的飞鸟

一阵微微的凉风拂过后背，树上翻滚着落下三三两两的枯叶，暗示着赤道气候中雨季的临近。就在这一个节点上，我终于感受到了"迷途之飞鸟"最本质的含义，此时此刻的心境，用诗句辞藻描述已经完全是多余的了。

赫尔辛基的五月里细雨纷飞，我们整个团队都在勤奋地工作，争取在六月底完成预定计划，然后一身轻松去休暑假。从工作室的窗户里向外望去，可以看到一对白色的海鸟在对面屋顶的天线下筑了一个简单的窝，雌鸟终日卧在那里孵蛋，而雄鸟则外出觅食，回来后便停立在天线枝头，威武地眺望着远方，时而飞起，啼鸣着警告那些在附近逡巡的乌鸦。

休息的时候我会端着茶水或者拿一个苹果，一边享用着一边观望它们。飘雨的时候我尤为关切那只毫无遮挡、一动不动的雌鸟。一次和同事聊起来，我说它们让我很感动，如此辛勤地孕育和捍卫自己的后代。他抬起头看着我，不是很在乎地对我说："你知道吗，其实它们是受基因控制的，是基因叫它们搭窝，孵化。你不用替它们担心，海鸟的羽毛是防水的，这也是基因决定的。"

这听起来很有道理，但是我也随口反问道，而基因又是谁创造的呢？看到同事无语，我便提起了他故乡的诗人泰戈尔。因为偶然间拜读了《飞鸟集》片断，我对他产生了兴趣，尤其喜爱他那些关于创造的描述。我的同事很了解他，不但纠正了我的发音，还告诉我泰戈尔是一个民族斗士。可惜他还没有读过泰戈尔的诗集，于是我建议他去读读他同乡哲人关于造物的诗篇，从中获得感悟。

就在这些日子里，一对灰鸟也在紧邻我家窗边的松枝上筑了一个小巢，孵出了三只幼鸟。于是这一家五口的生活便成了我们的话题。每天我一回家，母亲都要迫不及待地描述一番它们当天的生活：诸如大鸟们是如何的警觉，每次叼食回来，都会谨慎地站在旁边的枝头观望一下，再去喂自己的宝宝；可怜的小松鼠是如何被它们撵得"抱头鼠窜"；哪个小鸟最顽皮，已经把半个身子探出窝外了，等等。

记得我中考的那个夏天，一对喜鹊也在我家附近的枝头筑巢育子，我的耳边满是母亲讲述的关于它们的故事。后来它们飞走了，而且越来越远，终于发现天下的鸟儿们原来都是那么相似。更多地，我开始思考它们孕育生命的历程。这些辛勤哺育子嗣的飞鸟是顺从者，你可以解释说它们是麻木的，完全由遗传基因控制。但这不是最终答案，缺乏自省的我们往往停留在这层认识上沾沾自喜，而漠视了自己的偏离。

孵化时节大约持续了两个星期，海鸟一家飞走了，留下浅浅的窝在风中逐渐解体。松枝上的三只小灰鸟中有两只已经展翅高飞，母亲目睹了它们离家的全过程，兴奋地给我讲述。唯独剩下一只小笨鸟，一直不敢跨出它的大摇篮。两天过去了，母亲有些着急，说大鸟很少来喂它了，甚至考虑应该用杆子挑些食物给它，让它吃得饱饱的好启程。

就在父母出发回国的前一天，小鸟终于站在窝外，开始抖动翅膀了。然而他们没有时间等待它腾飞的那一刻，而是忙着收拾衣物、装箱子，把我的冰箱填满，然后在周末的午后飞走了。

创造之神秘，如夜之黑暗——是伟大的。知识之幻念，如晨之浓雾。

——泰戈尔：《飞鸟集》

《飞鸟集》英文版诗集中，"飞鸟"一词是 Stray Bird，准确的含义是"迷途之鸟"。看到这个词，我感到心灵的震颤。因为我第一次认真地正视自己前辈吟诵的经文，探究它的注解时，看到的恰恰是这个词的一个变体:Show us the straight path…nor of those who go astray（求你引导我们上正路……也不是迷误者的路）。飞鸟比起人类来说是无知的，然而它们也如人一样迷途吗? 不，顺从的飞鸟不会迷途，迷途的是高傲的人们，这是一种恩赐，更是一种考验。

我热爱自己的工作，我们在探索着信息、知识的时候，恰恰犹如拨开清晨的迷雾，让人们和世界彼此相识。晨雾必然要散去，当你努力工作着并置身于这个必然时，你也已成为一个顺从的奋斗者。这何尝不是世上最令人欣慰的成就!

细雨催生了遍布山野的黄花，让我在上班的路上沐浴在馨香中。路旁还有无数白色的蒲公英，我不禁想起小的时候和同伴们争抢着院子里数量有限的蒲公英，一口气把绒毛吹个干净。然而这里的蒲公英又如何能吹得完呢? 无须担忧，造物主的迹象之于风，会把蒲公英的种子送向远方的原野，植入新的生命。同样地，他的迹象之于基因，让飞鸟哺育它们的孩子。初夏这充满新生和活力的清晨，就是他的见证。

对于这篇始于初夏的故事,我当时没有参悟到结尾。在此后的时间里,我继续游走,变换着工作和生活地点。飞鸟的情结与游走的宿命一直追随着我和我的家人。

我并不十分满意《飞鸟集》的中文译本,然而它的英文版亦不是原文。《飞鸟集》最初由泰戈尔用母语孟加拉语写出,他在去往英国的邮轮上,亲自翻译成英文。其实我不应该纠结于译文的诗句本身,对于真正的参悟来说,辞藻和言语只是媒介和工具。而那个参悟的时刻一直在等着我。

多年以后,我有了和我一样的孩子,哈米黛。她完美地继承了我们游走的基因,从生命之初就开始了漫长的迁徙和旅行。我也逐渐感觉到:这种游走不仅存在于地域之间,也存在于意识层面。我们每一代其实都游走在不同的意识边缘,每一代人都承载着比上一代更加丰富的知识,当然还有迷途的风险和代价。

这起始于波罗的海沿岸的心境,多年以后终于在太平洋上的爪哇岛圆满了。这一年的中秋,爷爷想孙女了,于是我带他一起来到椰城。不出我的意料,他的行囊里除了哈米黛爱吃的零食和水果,又装着他那些似乎永远也不可能结题的书稿。

新学期开始,哈米黛进入了西式教育的学校。她的命运里注定要接受这种挑战,探究地理和意识的边疆,在纵横交错的文明中寻找自己的归宿。此刻,我坐在学校的庭院里等她放学,桌子上是她的午餐盒,以及一部台湾作家写给后代的有关前辈记忆的传记文学作品。我突然意识到哈米黛需要一部同样的故事,而我恰好处在这个交错的时间、空间与意识的节点。

一阵微微的凉风拂过后背,树上翻滚着落下三三两两的枯叶,用它们不可逆转的宿命暗示着赤道气候中雨季的临近。在这一刻,夏日的飞鸟与秋日的落叶相逢。也就是在这个节点上，我终于感受到"迷途之飞鸟"最本质的含义，此时此刻的心境，用诗句辞藻描述已经完全是多余的了。

京城里的两座麻扎

与牛街寺的重新邂逅，平添了我的困惑。我不想就这样离开北京继续我的旅行。于是我想起了京城里的另外一座麻扎，它以同样的方式收敛另外一个族人，而它的墓志铭却远在意识形态的另外一端。

七月初的一个下午，空气有些憋闷，天是铅灰色的。北京人把这种天气叫作"闷雨"，预示着一场即将来临的雨水。回京休假的我在白纸坊桥下的汽车站看10路车的站牌，上面是些熟悉的名字：牛街南口、礼拜寺……我今天的行程中本来没有计划去牛街，但是这些名字具有一种强烈的吸引力，让我无法抗拒。在外漂泊，渐行渐远，对故土认知的冲动却日益增强。

车行不久就临近牛街，我辨认出路边的一些景物，知道下一站就是礼拜寺了。下车之后，首先看到的是马路中间的大影壁。牛街扩建之前影壁在老马路的一侧，后面是几座杂居的四合院，我小时候常去串门玩耍。现在这里是宽阔的大马路，和礼拜寺大影壁对应的是一面长长的民族团结壁画墙。礼拜寺南侧有些花草树木和石桌石椅，几位戴白帽的老人正在下棋。

在入口的走廊里我浏览了写在墙上的牛街寺简介，里面提到了寺内的"筛海坟"。按照墙壁上的解释，这是两位来中国讲学的"外国学者"的坟茔。

这时候临近下午礼拜的时间，水房里有几位老人，院落里还有三五个游客在走动。有两位和我年龄相仿的青年坐在大殿的回廊上谈稿子，我看他们忙着，就没有打招呼，只是握手道了色兰。我入大殿礼了两拜，便去找"筛海坟"。

因为牛街寺是对外开放的一处文物景点，所以一些重要的景物配有中英文标牌，我很快就发现了坐落在院子东南角的麻扎（坟墓）。我以前看到过这两位筛海的介绍，他们来自中亚，其中一位是布哈拉人。当时的布哈拉是伊斯兰学术中心，也是各类苏菲教团云集的地方。在麻扎前的简介上我读到：这两位"访问学者"归真（去世）前分别在牛街居住了十多年。他们自遥远的中亚而来，在这里落户，讲经传道。把来自五湖四海、操着各种语言的穆斯林聚在这片街区里，从对共同信仰的认知开始，逐渐形成了血脉相连的回坊邻里。多年以后，他们得到的仅仅是一个类似于"客座教授"的头衔。信仰在血脉之中根植的这个史实让人欲言又止。原本的共同体被人为地剥离并分割为抽象的"知识"和现实的"基因"。与牛街寺的重新邂逅，平添了我的困惑。我不想就这样离开北京继续我的旅行，于是我想起了京城里的另外一座麻扎。它以同样的方式收敛了另外一个族人，而它的墓志铭却远在意识形态的另外一端。

傍晚时分刮起了一阵狂风，天空一下变得昏暗，骤雨随之而来，我适时地钻进地铁。等从永安里站出来，雨还在稀稀拉拉地下。闷热的湿气得到释放，空气中有了一丝凉意。一个衣衫褴褛的母亲抱着自己的孩子坐在灯火通明的轿车专卖店前，把头埋在怀里。她们身后的橱窗里，一个店员正在用力地擦拭着一辆宝马车。我从日坛公园南门进入，看到了指示牌上有一项清晰地写着"革命烈士马骏墓及纪念馆"，于是我顺着箭头的方向，在纷飞的细雨中沿着公园的小路找过去。因为下雨的缘故，公园里面游人稀少。我路过一个路边的洗手间，就进去洗了一个小净①，按照回族的规矩，游坟要带水。

马骏墓我很早就想来了，但是一直不知道应该以怎样的心境来面对这座麻扎。根据收敛马骏的一位北京回族群众回忆：那天他们突然得到通知说警备所又枪毙人了，是个"闹学生"。因为是个回民，所以让他们去料理。马骏是面对着枪口就义的，胸前有一串弹孔。给马骏送葬的只有马骏的夫人，料理亡人的回族同胞不了解这个人的身世，单知道他是个回民，要按照伊斯兰的方式下葬了。

日坛公园马骏墓的入口处是一个小广场，用以方便中小学生列队举行悼念活动。回想自己小时候经历的这类活动，其实没有得到任何东西，因为幼年的心灵里面没有任何积蓄沉淀，灌输进去的东西很快就消散了，这种深刻的感怀需要一片土壤来承载。而对于我来说，少年时代被灌输的社会主义思想之所以还没有彻底泯灭，有很大一部分原因是因为共产党人马骏。

麻扎入口的石雕像比马骏本人棱角更加分明一些，也更加具有回族人的特点，尤其是那一脸络腮胡子。究竟是为了追随马克思还是穆罕默德②？带着这个疑问我试着查找了一些关于马骏生平言论的记载，从中可以窥探到马骏生平的轨迹③。

---

① 伊斯兰教礼仪之一，即在某些宗教功课如礼拜、念诵《古兰经》之前冲洗身体部分肢体。
② 政治家、宗教领袖，穆斯林认可的伊斯兰教先知，穆斯林认为他是安拉派遣给人类的最后一位使者。伊斯兰教教徒之间俗称"穆圣"。
③ 以下引用内容摘自马继华著《马骏烈士生平年表》。

马骏是在家乡东北的清真小学接受的启蒙的爱国主义教育。当他二十岁的时候，正值新文化运动。他当时在天津南开大学读书，思想开始有了飞跃。"五四"运动中马骏是天津方面的领导人之一。其中有一段动人的记载，充分体现了马骏作为回民的血性："6月11日商会罢市仅坚持一天，是日清晨开市，爱国学生对此极为愤慨。上午8时，学联召开紧急会议，推举马骏率领代表同总商会交涉。他指出：商界'未周知学界，又未经公民大多数许可，竟冒然发出布告，一律开市，岂不有违众意？'这时，商会董事用挑衅性的话语问道：'马君是何处人，天津有无财产？'马骏愤然作色道：'知某君之意不过讥讽的话，请问性命与财产孰重？鄙人虽无财产牺牲，然尚有生命热血，可流于诸君面前。国事如此，唯有一死，以谢同胞。'说罢挺胸昂首把头往大柱子上猛力撞去，幸被旁人抱住，生命才得保全。他慷慨捐躯、大义凛然的壮举，教育了在场群众，于是天津商会又宣布第二次罢市。"

1927年，马骏从莫斯科回国领导北京（北平）市委工作，同年被捕。在拒绝了军阀对他的收买之后，于1928年初在北京就义。在其生平年表中，除了清真小学之外，还有几处谈到了马骏与回族群众和宗教人士的关系："8月8日山东济南镇守使、省长马良（回族）枪杀爱国人士的消息传到天津，马骏联合了回民中的积极分子，觉悟社成员郭隆真、刘清扬等做了周密研究，借回民做礼拜的机会，在天津的一座清真寺门前召开了一次有二百多人参加的回民大会。马骏向到会的阿訇和回族群众讲演，严厉谴责了马良残杀爱国者的滔天罪行，并就国家和民族、宗教的关系做了精辟的分析。"可惜的是这次讲演的详细内容并没有被提及。

另外，马骏"在家乡宁安组织了宁安回民崇俭会，倡导破旧立新，废除婚丧嫁娶中的陈规旧习。他要求大家从节约开始，在婚丧嫁娶上，要尽量减少浪费,别好面子,别装"胖子",娶媳妇废除金银首饰和过多的彩礼,丧事废除送丧穿大孝。崇俭会还制定和印刷了章程,分发到回族各家,在群众中产生了良好的影响,在同封建礼教的斗争中起到了一定的作用。"

根据伊斯兰的婚姻制度,聘礼中只有现金这部分属于必须遵从的"主命",对于其他金银和奢侈的财力,伊斯兰教导人们量力而行,不要铺张浪费。而穿大孝也是违背伊斯兰原则的。如果说马骏此举是破除"封建礼教",那么他破除的就是偏离了《古兰经》和圣训的、遭到中国本土封建意识侵蚀而形成的礼教。

另外根据记载,马骏"常到吉林清真寺去看望沙梅轩老人等,同他们一起谈论国共合作、南北统一、抵制日货、废除二十一条等"。而马骏被捕的消息,最早也是由一位阿訇冒死传递到马骏的老家。我很感激那些尊重历史,正视先辈的同胞们,他们记录了这些马骏烈士在现世中的言行,包括主持为马骏修缮麻扎的同胞,正是他们让我坚信马骏无愧于他的民族。

马骏墓的两侧是苍松翠柏,大理石的坟冢上镌刻着一行俊秀的阿拉伯文:"回族舍希德(烈士)马骏之墓"。我早就料想到,前北京(北平)市市委书记兼组织部长的墓志铭上不会有清真言①和《古兰经》文,好在还有一串被族人视为心灵之书的文字,向后来的瞻仰者们表白。当来自布哈拉的先人扎根在这片土地上时,他们被抽象化了,成了"外国学者"。而当他们的儿女为民请愿,抛洒热血的时候,他们又被实例化了,成了这样那样的"主义者"。一股延续百年的悲怆宿命,被清清楚楚地刻在了京城的两座麻扎上。

---

① 清真言是伊斯兰教最根本的信条,中文含义为:"没有应当受崇拜的对象除非是安拉"。它是对伊斯兰教义的高度概括。也是穆斯林认主独一信奉正教的誓言及表白。

不知不觉中雨停了，我在马骏的麻扎前为亡人做了杜瓦（祈祷）。在筛海和舍希德的墓前，我只找到了问题，还远远没有触及到答案。雨后的西方天空一片通红，俗语称："朝霞不出门，晚霞行千里。"我明天就要上路，离开这座城市去西方世界继续我的旅程。

这次离开北京的两年后，第二次黎巴嫩—以色列战争爆发。墨尔本大学的共产主义小组在校园里举行飞行集会，声援黎巴嫩抵抗运动。示威队伍在校图书馆门前遭遇了闻讯赶来的右翼团体，双方几乎爆发了肢体冲突，在剑拔弩张之际被校卫队隔开。事发当日我没有课，错过了这一幕。不过墨尔本大学共产党的此次行动引发了广泛的关注，《墨尔本日报》在显著位置刊登了巨幅照片，记录了双方冲突的画面，共产党人方面多为金发碧眼的白人青年。

耐人寻味的是，在围绕此事的媒体报道中，也刊登了对墨尔本大学穆斯林学生会领导层的采访。穆斯林学生会主席表示："伊斯兰是和平的宗教，穆斯林学生不赞成共产党人的激进行为。并希望在澳大利亚社会中传播中正的思想，为穆斯林融入澳大利亚社会而努力。"而这盲目妥协的口径已经超出了懦弱的范畴，甚至是为了绿卡而猥琐地与良知划清界限。

穆斯林方面的缩头行为并没有换来澳大利亚主流社会偏见的改变。澳大利亚籍的阿拉伯移民青年回到中东，拍摄了手持AK47冲锋枪的照片，在社区引发了恐慌，媒体炒作说恐怖主义就在身边。而对于犹太裔澳大利亚人返回以色列服兵役参与战争的例子，多数媒体只是进行了平和的描述。追究深层次的原因，话语权的不平等背后，是经济的不平等和对资本控制的不平等。也不看看这些媒体的后台老板是谁？西方并没有绝对的新闻自由。我喜欢澳大利亚共产党对于事物本质的揭示。

从此，我开始关注共产主义小组的活动。不久，他们在学校张贴海报，组织课外研讨会，题目是"伊朗共产党与1979伊朗大革命"。对于这个题目我很感兴趣，在推翻巴列维王朝的斗争中，共产党也贡献了力量。我的伊朗朋友老沙就来自于共产主义家庭，他的亲戚还在尼泊尔的山区和毛派一起打游击。

　　研讨会安排在校外的"垂得思大厅"。这是一座很有名气的市政厅，在19世纪中叶澳大利亚工人运动中由工友们集资而建，至今依旧是澳大利亚工会和左翼组织的活动场所。我经常在路过时光顾它的书店，里面有在"自由世界"遭禁的左翼图书，还有印着阿克萨清真寺的阿拉伯方巾。大厅的穹顶上飘着四面旗帜，分别是澳大利亚国旗、澳大利亚原住民旗（澳大利亚左翼一直是原住民权利运动的坚定支持者），还有两面是象征澳大利亚工人运动的矿工暴动军旗和红旗。大厅对面是"八小时工作"纪念碑。令人难以置信的是，澳大利亚维多利亚州工人竟然在19世纪争取到了世界上第一个每天八小时工作制的权利。而同一时期，中国正在遭受着鸦片战争和火烧圆明园。

　　周四晚上我如期来到垂得思。这场学术讨论并不像我想象的那么开放，除了我一个人之外，讨论小组的人大多彼此相识。核心成员正是墨尔本大学共产主义小组成员。我认出"支部书记"正是《墨尔本日报》版面上的学生领袖。当时右翼组织攻击他们是"恐怖分子"。而他则指着对方一个人的鼻子怒斥："今天你们杀了多少孩子！？"支部书记看到我是个外人，便走过来和我攀谈，我得知了他是新西兰人，在墨尔本大学修文学博士，看上去很像是年轻版的路易·艾黎。

　　讲演开始了，因为今天是有关伊朗的话题，所以首先登场的是一个伊朗裔的组员，听口音应该已经是第二代移民了，大革命的时候可能还没有出生。讲演的风格是集会式的，语气急促铿锵。总的意思就是：伊朗大革命实际上是共产党人酝酿发起的，目的是推翻巴列维国王及其背后的帝国主义者和资本家。但是革命成果被以毛拉[①]为代表的伊斯兰主义者窃取了。我注意到小组中还有两位穆斯林女性,其中一位还戴着头巾,不禁联想到"觉悟社"里也有三位穆斯林后裔,除了马骏之外还有刘清扬和郭隆真。演讲后的讨论很热烈,但是大多以抱怨和无奈为主,并没有提出明确的解决方案和行动纲领。我敬佩他们的激情,但是在我看来,在当今的社会格局下,西方的共产主义运动仅仅存在象征上的意义。我中途退场,伊朗裔党员追了出来。不出我的所料,他先用波斯语和我打招呼,也许他以为我是伊斯兰革命卫队派来的探子。我们简单交谈了几句,我最后从他手里买了一本宣传册,就算是对他们的一点儿赞助吧。

此后,我花了些时间追溯这座城市里的社会主义运动,发现其实运动的主流早已经演变成了"工党"行为。工党虽然是澳大利亚的主流政党,但基本上已经放弃了社会主义思想,成为西方政治体系中偏左翼的政治团体。残存的社会主义者认为工党背叛了共产主义理想,遂与之分道扬镳。

我还发现了一本描述墨尔本左翼运动历程的册子,叫作《挺进墨尔本——被掩盖的历史》。在墨尔本大学图书馆里,该书不能出借,只能在限制访问级别的阅览室里阅读。我花了几个下午的课余时间认真阅读了此书,并且做了笔记。有位老学究看到我借阅该书,特地走过来和我攀谈:"我注意到你在看《挺进墨尔本》,为什么你会对这本书感兴趣呢?""很简单,我来自于社会主义的中国。从小接受的是共产主义教育,我想更多地了解这个信仰在其他国家的发展。"我的回答很官方,但也很实在。老者听了之后有些惊讶,这里不乏中国学生,想必这是他首次看到一个中国人对社会主义思想感兴趣吧。他说自己认识这本书的作者,还压低声音告诉我,这本书在澳大利亚已经遭禁

---

① 伊斯兰宗教职业者的称谓。

了。"为什么，这不是一个自由的国家吗？"我困惑地问。老者没有什么可说的，只是耸了耸肩。

《挺进墨尔本》一书中记录的左翼运动事件，有很多就发生在我熟悉的地方，它向我解读了这个美丽的城市中的一组另类密码：

为什么"垂得思"大厅会有栅栏？"是因为在早期的维权运动中，工人占据了大厅，并构建围栏阻挡军警的冲击。"

"市中心的菲兹洛伊公园中，库克船长的故居外，民众曾经连续数日示威，让澳大利亚政府为早期欺压和歧视原住民的行径道歉。左翼团体和土著人代表用一串玻璃珠子向看门人换取该故居。因为早期的殖民者就是用这样的珠子换取了原住民的土地！"

我经常光顾的一家咖啡馆，在19世纪60年代竟然是共产党的印刷所。书中动情地说道，"该门店几度更换主人，如果剥去店内几层墙皮，会发现里面最初的红色"。

尽管墨尔本年轻的共产党员及其预备队显得天真而理想化，但是从他们身上我感受到了课本中共产党人真实的原型。仿佛是马骏、郭隆真和刘清扬，穿越了一百多年的时光，隐身在了"垂得思"大厅的讨论室里。如果我自己不是一个信仰者的话，很难被另外一群信仰者所感动。尽管各自的理论不同，但是在各自内心深处，有一块相同的本质——为世间的不平奔走、奋斗、乃至牺牲。这也许就是为什么清真小学毕业的马骏选择了共产主义的道路，并且从容面对死亡。当年我在马骏的麻扎之前决定去西方寻找他的伙伴，而最终我在澳大利亚墨尔本市的莱岗街和维多利亚街的拐角处和他们相遇了，圆满了这个念想。

我本以为这次旅途的终点停留在了墨尔本，但多年以后我意识到它并没有结束，只是暂时沉睡在心底，等待被唤醒的那一天。

数年后，我在日坛公园附近定居。夏天里一个飘雨的日子，女儿哈米黛出生了。每个周末我和夫人会带她去日坛公园遛弯儿。看着一个生命的成长是奇妙的体验，她开始关注池塘里的鱼儿、触摸树皮和迎春花、在小路上蹒跚学步、和着广场上集体舞的音乐挥动手臂。每次带着她经过马骏墓的时候，我只是隔着树丛眺望一下石碑。现在还不行，还不到给她讲述这个复杂命题的时候。

信仰这个主题，在现实生活中远比我们想象的复杂。对于我来说，它表面上的掩饰被一层一层地剥落，这是一个痛苦的过程，而幸福的是它的本质越来越清晰。日坛公园旁边的一座清真寺曾经是我每个周五参加礼拜的地方，然而有一天我在礼拜开始之前离场，因为在谄媚的表面之下，我看不到信仰的本质。我冲出寺门，打开车门，轰着油门开上二环路。在滚滚车流中，我不知道该往哪里去，只有一句《古兰经》文在内心中冲撞："不要气馁，不要苦闷，只要拥有正信，你们便是最胜利的。"无论马骏是否知道这段经文，在牺牲之前他的心境肯定与这段《古兰经》是吻合的。而那些不遗余力地把自己包装成"融入者"的同胞们，漠视了这句经文的真意。

2013年的一个深秋，我将要启程去美国，进到资本主义世界的深处，探究它强大和主导世界的理由。出发前的一天，偶然经过日坛东路，我决定顺便去马骏的麻扎。这一天北京刮起了不大不小的风，空气变得通灵剔透。蓝天与金黄的银杏树相得益彰，引得很多行人驻足拍照。而北京的密码，隐藏在更深的地方，只有当你无理由地热爱这座城市，你才可以在迷雾中发现那些隐遁的真容，比如说日坛公园里的马骏墓。

循着路边的银杏树，我走向公园的东北角。深秋的银杏叶，由绿而黄，由黄而金，由金而枯萎，金色的银杏叶用火苗诠释了美丽，也燃尽了生命。两年前的深秋，哈米黛穿着粉色的羽绒服，蹲在落满银杏叶的空地上好奇地抚摸金黄色的"地毯"，引来旁边的几个香港游客咔嚓咔嚓地拍照。

我在拂去马骏墓上落叶的时候,突然意识到穆斯林的上坟不同于中国传统的扫墓,于是没有继续,任由它们伏在那行隽永的阿拉伯语墓志铭上,让一切回归造物天成。驱车离开的时候,一阵强风刮起,路边树上的银杏叶朝一个方向缤纷而急速地洒下,分不清眼前是落叶,是风,还是雨,耳畔响起了灰狼艾斯卡尔的《天地之间的我》,在苍凉而动感十足的吉他伴奏中,那段隐藏的旅程顷刻间苏醒,我完全被这意境包裹着,穿越前行。前方没有终点。此时此刻此情此景,是起点,是旅途,也是终点。

开斋节的库尔德语短信

奥萨玛是一个库尔德难民,他无法理解一个白领住星级饭店,出入打车的生活。总是把我当成一个出门人来关照。然而,他自己又何尝不是一个漂泊的旅行者,他和那些出走自伊拉克、叙利亚和土耳其的族人,在这个西方城市里延续着窘迫的旅程。

开斋节这一天,小小的清真寺就好像是一个联合国,汇集了来自五湖四海的人们。黑黝黝的伊玛目来自于加纳,一个活脱脱的联合国秘书长安南。礼拜过后,大家和周围的人握手、拥抱,这里不需要同声传译,彼此之间的祝福"Salam"(平安)是大家共同的语言。

下了拜我回去上班,不久收到了朋友奥萨玛的短信,开头是"zor-supas...",这是库尔德语,是一个开斋节祝福的短信息。奥萨玛知道我是中国人,但为什么会发来库尔德语信息呢?我想起来,我们当初交换电话号码的时候,他嘟囔了一句,说他有好几个朋友和我同名,他还特地在我的名字后面加了一个"CH",代表中国。这次他发短信一定搞混了,把我也放进了他的库尔德朋友圈里。

初识奥萨玛是在两年前的斋月里，我当时旅行到赫尔辛基，晚上在一座清真寺里礼间歇拜。接杜阿的时候我左边一个兄弟以泪洗面，这人就是奥萨玛。出拜之后我安抚性地拥抱了他。想必他的经历十分坎坷，这些苦难让他在主的面前是如此的羸弱。他的祈祷是最真挚和迫切的。

出来等电车的时候，奥萨玛过来和我搭话，问我是哪里人。我说我是中国人。"中国人？"奥萨玛粗粗的眉毛略微向上挑，"那你说突厥语喽？"我说我不会说突厥语，我的民族母语是中文，说突厥语的是中国的另外一个穆斯林民族。奥萨玛"唔"了一声，然后告诉我他是伊拉克人，伊拉克的库尔德人。后面的谈话中奥萨玛略微有些激动，他提到了穆斯林之间的纷争，"他们一边喊着念'比斯悯俩'（安拉至大），一边相互残杀！"奥萨玛一边说着一边做着挥手砍杀的动作。我没有追问。结合他刚才拜间的哭泣，我想他和他的亲人一定经历了苦难的历程，这个伤口揭开无益，因为我们没有能力化解，只有在祈祷中寻求抚慰。

除了奥萨玛，我在西方还接触到了其他一些库尔德人，我对他们抱有深切的同情，并希望他们有一天能够回到自己的祖国。然而随着伊拉克战争的爆发，我对库尔德人的感觉产生了变化——西方的镜头里，那些跟在美国人屁股后面进城的库尔德武装让我恶心。

而身边的奥萨玛，一直在修复和调和着我对于库尔德人的认识。我不时地在这个问题上检讨自己：我在厌恶他们的时候，是否审视过他们所遭受的屈辱和创伤？我们的立场究竟是什么？是阿拉伯人的立场、逊尼的立场、什叶的立场、还是库尔德人的立场？答案是简单的——我们应有的是穆斯林的立场。然而，实践是艰难的。将心比心，如果换了我是奥萨玛，经历亲人遭到屠戮，我还能有这样的"高风亮节"吗？巨大的屈辱会把我们推向仇恨的深渊，从而具有这样或者那样的"立场"。

那天我们没有等到电车，于是一起步行走了很远。他劝我说下次再来可以在他家落脚，把住店的钱省下来，还不厌其烦地告诉我怎么换公交车去机场便宜。路过一个土耳其饭馆的时候，我问奥萨玛这里的肉是不是清真的，奥萨玛面露尴尬，局促而轻声地说："你念比斯敏俩，然后吃就是了。"奥萨玛是一个库尔德难民，他无法理解一个白领住星级饭店，出入打车的生活。总是把我当成一个需要帮助的出门人来关照。然而，他自己又何尝不是一个漂泊的旅行者，和那些出走自伊拉克、叙利亚和土耳其的族人，在这个西方城市里延续着窘迫的旅程。

13世纪成吉思汗西征，失去了家园的波斯诗人萨迪颠沛流离，目睹了人间苦难，也认识到了人民是不可分割的纽带。于是他写下了诗句：

人类皆相似，
造物本同根。
一肢遭重创，
周身倍感伤。

这首诗现在铭刻在联合国总部大厅里。而今日上演的依旧是历史的重现。我们是否从先贤的箴言中得到了些许警示？库尔德人也许就是我们中的一根手指，当初却鲜有人意识到它的折断会牵连出今天穆斯林世界更大的伤痛和危机。

时隔两年，我回到那座清真寺里礼拜，奥萨玛竟然一眼就认出了我，热情地寒暄起来。他说他现在做些小本生意，经营新鲜的清真牛羊肉。得知我已经在这里定居，他和我互留了电话号码。嘱咐我日后如果吃腻了冻肉，需要新鲜的牛羊肉时可以找他。

开斋节的时候我们又在同一座清真寺里聚礼，看到奥萨玛和阿拉伯兄弟们拥抱，亲吻，用阿拉伯语热切地交谈着，我感到了一种莫名的感动。我们的信仰无时无刻不在引导着我们，在我们落难、遭受创伤的时候挽救着和治愈着我们。它所建立的这种人与人之间的情谊，是跨越民族、纵横时空的财富。

反观这偶然而来的库尔德短信，它之所以到来，是因为我们都依附在一个共同的躯体上。行走在异乡的土地上，我遇到了奥萨玛，遇到了卖比萨的库尔德餐厅老板，遇到了开杂货铺卖冻牛肉和阿拉伯大饼的库尔德大妈，还有一位未曾谋面的和我同名的库尔德同胞。这条短信并没有发错，这是一个召唤，一个鞭策，引导它的是我和他们一脉相承的认知。

彼得·诺曼的葬礼

众人抬着彼得·诺曼的灵柩缓缓走出市政厅。我在众多摄影记者的"炮筒"中，用自己的旅行相机抢下了这一张照片。当然，我知道第二天可以从新闻网站上下载比这质量高得多的图片。但我还是想自己亲手记录下这一幕，将来指着它告诉我的孩子："看，当彼得·诺曼倒下的时候，我站在那里。"

2006年10月初的一天，澳洲南部海滨小镇居民彼得·诺曼在自家庭院里锄草的时候心脏病突发，倒在地上再也没有起来，终年六十四岁。第二天早上我在当地的报纸上看到了这个消息。"彼得·诺曼？"我不知道这个名字。为什么他的去世引发了关注？读下去，我发现这不是一则普通的讣告，因为文字下面的附图是我见过的，20世纪最为经典的图片之一，而刚刚离去的澳洲人彼得·诺曼就站在那张史诗般的图画中。

少年时代我曾经怀有运动员的梦想，墨西哥奥运会上的这张照片诠释了竞技运动的本质，无论是在过去还是现在，都给予我极大的震撼。报纸上公布说诺曼的葬礼几天后将在小镇威廉姆斯市政厅举行，于是我便举下一个念想，去为他送别。

为了了解更多关于照片中的"路人"彼得·诺曼的故事和经历，让我们沿着时空的轨迹回到1968年的墨西哥城。时年二十六岁的彼得·诺曼正站在奥林匹克运动会200米决赛的起跑线上。他突然预感到自己将跑出惊人的成绩，于是他远远地冲着终点线附近的教练和队友自信地伸出两个手指，意思他将会赢得第二名。我经历过这种奇妙的预感，就好像你在射门之前，就已经知道球一定会进。

果然，此前默默无闻的彼得·诺曼超越了自己的极限，竟以20秒06获得亚军，这一非凡的成绩也成为澳大利亚200米跑国家纪录，近四十年来无人能够撼动。然而这次超常的发挥也让风华正茂的彼得·诺曼介入了一个正在筹划的惊天计划，这个密谋来自于和他同场竞技的两名美国黑人运动员——史密斯和卡洛斯。彼得·诺曼所参与的事情在未来四十年里所释放出的光华，远远超越了他所创造的国家纪录。

史密斯和卡洛斯是公认的夺标热门，以他们平时的成绩，在本届奥运会上可以毫无悬念地摘金夺银。之后，他们计划在举世瞩目的领奖台上彰显被压迫的黑色民权。可是他们万万没有料到，彼得·诺曼有如神助的一跑，让这个白人青年插入了他们中间。史密斯最终得到了金牌，而众望所归的卡洛斯却只拿到第三名。冥冥天意之中，他们的伸张人权的队伍里插入了一个"路人"，而这个路人也将同样伟大。

在通向领奖台的路上，史密斯和卡洛斯试探性地问彼得·诺曼相不相信上帝，彼得回答说："是的，我坚信上帝。""那你相信人权吗？"黑人兄弟又迫切地问道。"是的，我在基督救世军中长大，我坚信民权，我坚信人类生而平等，应该得到平等对待！"听到这些话语，卡洛斯和史密斯便向彼得·诺曼透露了他们的计划，而彼得·诺曼则决意加入他们。于是接下来便有了这幅20世纪动人心魄的画面：

史密斯和卡洛斯分居在中间和右侧，他们垂下头，高举起黑色的拳头，抗议星条旗下罪恶的种族歧视。而和他们站在一起的彼得·诺曼为了表示对黑人兄弟的声援，在自己的左胸佩戴上了一枚奥林匹克人权徽章。在得知卡洛斯忘记带上自己的黑手套时，机灵的彼得·诺曼建议他们可以分享史密斯的手套。这也就是为什么照片中的史密斯举着右手，而卡洛斯却举着左手。

我也曾经是一名200米选手，有着奥林匹克梦想。我可以想象到冠军站在世界巅峰时那种会当凌绝顶的成就感和喜悦。如果有什么伤痛可以让他们放弃这种荣耀和喜悦,那它必定是最深刻的、触及人类道德底线的迫害。在得知彼得·诺曼离世的消息后,史密斯和卡洛斯决定飞来澳大利亚送他一程。而更多的人心存感激和不安:一个伟大的"路人"离去了,留下的人是否将形同陌路?

葬礼的当天我来到了威廉姆斯镇。十月的南半球正是春回大地的季节,扑面而来的是清新的暖风。出了火车站,我沿着最宽的一条街向前走去。这是一个普通的澳洲小镇,市政厅一定在镇子的主干道上。为了保险起见,我还是向对面走来的一个老人问了路。老人向前指了指说:"就在前面了,你不会错过的。那里有很多人,正在举行葬礼。"这就是典型的澳洲小镇生活,发生了什么重大事情,邻里都会知道。但他可能不知道这个平凡的邻居曾经有过如此让世人瞩目的壮举,否则这个老人一定也会去表达自己的敬意。

走到市政厅门口我踌躇了。我怀疑自己的夹克和背包是否符合参加当地葬礼的礼仪,也许深色西服会得体一些。于是我选择站在市政厅的外面。其实我的担心是多余的,不久我就看到一个穿休闲衬衫的人签到之后走了进去。后来竟然还有一个戴着头巾的穆斯林妇女也步入了葬礼现场。不过细心的组织者在门口支起了喇叭,让外面的人也能真切地听到葬礼的状况和来宾的发言。

葬礼的主角是从美国赶来的史密斯和卡洛斯,他们向前来送别的众人娓娓地讲述了那个激动人心的颁奖现场,以及彼得·诺曼和他们的每一句对话。史密斯和卡洛斯对彼得·诺曼抱有深深的敬意。他们提到,诺曼当时完全可以说:对不起,我还年轻,我不想卷入这场事件。是的,在20世纪60年代种族隔离思想依然根深蒂固的西方,诺曼的选择不像我们现代人所想象的那么自然。那个"自由女神"矗立的国度,曾经长时间奉行着种族隔离体制。1968年,歧视的体制虽然寿终正寝,但是余毒还远没有清除。就在墨西哥城奥运会前的六个月,黑人民权牧师马丁·路德·金被黑暗中射来的子弹夺去了生命。黑人的实际社会地位又是怎么样的呢?那届奥运会上创造了世界纪录的史密斯在诠释他们惊人之举的时候说道:

"……在赛道上你是史密斯,世界上跑得最快的人。但是回到更衣室里你却一文不值,只是一个'肮脏的黑鬼'……""……如果我夺冠了,他们会称我为美国人,而不是美国黑人。如果我干了什么蠢事,那么他们就会叫我'黑鬼'。我们是黑色的,我们为自己的黑色而自豪。黑色的美国人会理解我们今夜所做的一切……"

"理解",这个今天看来毫无悬念的字眼,在三十九年前对于史密斯、卡洛斯和诺曼来说可望而不可即。他们所面对的是严酷的现实。根据英国广播公司1968年10月17日的报道:他们刚从领奖台下来就遭到了不少现场观众的嘘声。紧接着,被强权操控的国际奥委会以"奥运不应卷入政治"为由,把史密斯和卡洛斯赶出了奥运村。为人类和平而呐喊的盛会,变成了利益集团手中的狼牙棒,它打落了史密斯和卡洛斯,然后又对准了他们的白人同伙彼得·诺曼。然而澳大利亚的奥运会领队凭着良心顶住了重重压力,保护了年轻的诺曼,虽然对他进行了表面上的警告,但是却在暗中奖励给他曲棍球比赛的门票。这样的关爱让彼得·诺曼看到了希望,于是他自信地说道:"这好比是一颗石子落进了池塘,它激起的涟漪将继续延伸。"

彼得·诺曼的预言变成了现实,这股涟漪跨越时间和距离波及了众人,并引导着我来到它的中心点。我在市政厅外面站了两个多小时,并没有感到疲倦。我身旁还有不少慕名而来的人,和我一样为这个曾经以站立而闻名的亡人而站立。在这个神圣的伊斯兰斋月里,我面对着一个异教徒的葬礼,心中自然无法避免信仰上的思考:无疑是信仰给了史密斯、卡洛斯和诺曼最初的原动力,让他们完成了惊人的举动。

其实对于一个信仰者来说，这是再简单不过的选择。一切过眼烟云般的功名利禄、临近的灾难威胁，在朴素的宗教信仰面前都淡出了他们的视野。这一点可以从他们当年的对白中得到印证。我一直坚信，是造物主巧夺天工地确定了他们三人的名次，既让史密斯和卡洛斯如愿以偿，又给他们中间插入了一个标志性的白人伙伴。就如同卡洛斯在葬礼中所说的："这不是一个黑与白的问题，它所意味的是人性和慈悯，对上帝的信仰，以及创造一个美好世界的信念。"

在事件发生后的岁月里，信仰更是支撑了他们的生活。史密斯和卡洛斯被遣送回国之后，在长期禁赛中错过了他们运动生涯的黄金时期。他们受到了无数的死亡威胁，在颠沛流离的生活中他们遭受了婚姻的破裂。然而史密斯和卡洛斯却担心远在澳洲的伙伴将肩负着一个比他们更加沉重的十字架，因为他们二人在美国尚且可以相互鼓励，共渡难关。而彼得·诺曼除了自己的家人之外便没有什么可以借以庇护的了。对于信仰者来说，这种寂寞并不代表着空虚和孤独，因为他们有自己所依赖的主来倾诉。这种坚韧不仅存在于基督徒和穆斯林当中，我相信这也是所有信仰者的心灵财富。

尽管我和彼得·诺曼在时空履历上有着三四十年的距离。然而在他倒下的这一刻，我却和他如此接近。我想，很多来参加葬礼的人都和我抱有同一个念头：一个具有象征意义的普通人倒下了，马上要有人站起来补上他的位置。尽管我和这位奥运200米跑银牌得主还有着三四秒的差距，但是我确实感到自己有义务拿过他的接力棒继续奔跑。当然，前面的旅程不会是塑胶跑道那般平坦。时至今日，虽然种族歧视已经不能够再招摇过市，然而话语权的不平等、地域的不平等、经济地位的不平等，仍然充斥着社会的每一个角落，我们又何尝不像当年身处种族隔离制度中的人们那样麻木着？而且你每迈出一步都会付出代价——体制的刑罚、看客的讥讽、民众的迟钝。我有义务在母语中文世界里诠释彼得·诺曼的生与死、站立和倒下。我希望我的同胞们能够理解：人权不是在跳蚤市场贩卖的二手货，我看到太多的国人跟在人权罪犯的后面贩卖着他们所不能理解的东西，他们所做的一切只是为了出卖自己的祖国，苟且地换得一些口粮。不要低下你高贵的头颅去和他们为伍，拥有正信，对得起自己的良知，就已经足够了。

葬礼接近尾声。众人抬着彼得·诺曼的灵柩缓缓走出市政厅。我在众多摄影记者的"炮筒"中，用自己的旅行相机抢下了这一张照片。当然，我知道第二天可以从新闻网站上下载比这质量高得多的图片。但我还是想自己亲手记录下这一幕，将来指着它告诉我的孩子："看，当彼得·诺曼倒下的时候，我站在那里。"

两年后的北京仲夏之夜，哈芙赛从鸟巢奥运会开幕式现场发来短信，告诉我五星红旗升起的那一刻她哭了。我理解那一刻她的感受，回国之后她被借调到奥组委，圆了回国参加奥运会的念想。而我去南方帮助中国一家极具狼性和全球扩张性的企业进行管理变革，没有想到她的工作压力比我还要大：内容之一是跨越时区，协调各方保护正在全球巡回传递的奥运火炬。这支火炬被承载了太多的内涵和意图。中国人最本质的想法是借助奥运会实现大国的崛起，而那些因中国崛起而导致其既得利益受损的集团，则在人权上做起了文章。这场暗战一直持续到开幕式中：美国代表团的旗手是一位生于南苏丹的非洲裔选手，借此影射美国在苏丹问题上对于中国的种种指责。山姆大叔总喜欢把自己摆在道义的制高点上，而全然不顾自己的斑斑劣迹，仿佛这世界上的人都患了失忆症一样。

奥运与政治，从其诞生之日就是一块硬币的两面。抛开所有纷繁和悖论，最让我感动的时刻莫过于几十个来自于各个民族的孩子手拉手走过体育场，他们揭示了这场无休止的争论中最为纯洁和本质的问题：我们的孩子将如何一起生活？尽管整整两年之后哈米黛才出生，但在那一刻，我仿佛已经看见她穿着漂亮的花裙子在那群孩子里向我走来。

2013年10月，我独自从旧金山沿101高速公路驾车南下，渐渐接近了这段旅途的终点。湾区蜿蜒的山丘之间萦绕着海上飘来的云雾，中产阶级依山望海的房子清晰可见。我来探究这个国家强大的理由，同时也挤出时间为这个故事画上句号。为了一个挥之不去的念想，踏上未知的路程，领略异域的风貌，一路上聆听自己的呼吸，感觉冲动的心跳，无疑是旅行中最为迷人的部分。

抵达硅谷小镇圣何塞，我踏着落叶走进圣何塞州立大学。这里是奥运选手史密斯和卡洛斯的母校。2005年，圣何塞州立大学将上述历史的一幕塑成雕像。关于是否要将彼得·诺曼也雕刻进去，雕刻家征求了他本人的意见，这位当年的亚军拒绝了。彼得·诺曼的理由是：这个位置本应属于任何一个人，他只是偏巧站在了那里。因此在这尊雕像中，第二名的台阶上留下了一个包含哲理的空位，等待着"任何一个人"去填充。

当天，矗立着雕像的草坪上有两拨人在举行聚会。一部分是佩戴缠头的印度裔锡克族学生，另外一部分则向众人展示第二次世界大战时期日本裔美国人所遭受的待遇。显然，这座雕像俨然已经成为了一个象征物体，吸引那些意在反抗不公、创造平等的人们向它聚拢。

我静静地坐在草坪上，端详着雕像，尤其是那个第二名的台阶。历时六年，穿过三块大陆，我终于来到这里圆满了这场葬礼，送别了彼得·诺曼，把这块空位装在心里带着去远行。

自由的歌者

在法兰克福的街市中,"自由"一词在我的体内制造了胸闷,甚至有些惶恐。那种惶恐的感觉,类似于少年时代感受到宇宙的无垠——地球被禁锢在一个广袤的星际迷局之中,不知道自己从哪里来,要到哪里去。那些跳舞的玩偶,用歌声为铁窗中的囚徒争取自由,而外面的世界又何尝不是一个更大的牢笼?

缅因河畔的法兰克福机场坐落在一片广袤的黑森林里面,降落的时候看到了灰色涂染的北约飞机,它们从这里出发,去伊拉克上空倾泻炸药。落地之后,我透过摆渡大巴的玻璃窗打量着地面上忙碌的德国人,很快就看到两张土耳其人的面孔,看来德国确实如传说中的那样,是土耳其人在海外的另外一个家园。我从芬兰飞过来,由于同属欧盟国家,因此不需要通过海关,我径直走出了入境大厅。

在表弟的陪同下,我从机场乘轻轨列车直接到达了市中心的火车站,把行李存在了自动的投币寄存箱里,开始了城市观光。我一直对德国有如此众多的土耳其人感到很诧异,表弟告诉我,这是因为第二次世界大战期间德国的青壮年男子大多战死,第二次世界大战结束后便从土耳其大规模地引进了很多劳工。可以说,现在的德国基本上是土耳其人帮助他们从废墟上建立起来的。因此,德国对这些土耳其人的移民政策也很宽松,允许他们留了下来。我注意到车站的很多地图、提示标志都是用德语和土耳其语双语书写的。据说,慕尼黑的土耳其人数更多,是仅次于伊斯坦布尔的第二大土耳其人聚居的城市。

法兰克福是个国际化的城市,市中心为数不多的景点就是歌德铜像和德意志银行前面硕大的欧元符号造型,这两者近在咫尺。歌德在其诗人生涯中,极为张扬地体现了其东方情结,他受到伊斯兰世界苏菲的影响,用无拘无束、炙热明快的节奏,冲击着德国乃至欧洲文学的传统边界。这是一种内心的自由释放。如今,人们不禁要问:两百多年前歌德所描述的自由的、释放心灵的东方伊斯兰,与当今西方传媒口径中所描述的禁锢自由、偏执封闭的东方伊斯兰,是否为同一事物?是欧洲变了?还是伊斯兰变了。究竟,又何为自由呢?

距离欧元符号与歌德几百米的地方就是"土耳其大街",而与欧洲如此临近的土耳其,试图成为欧元符号上另外一颗星的追梦之旅,似

乎还遥不可及。尽管表面工作看似很到位，欧洲对于来自东方的土耳其还是持有保留态度。在欧洲一体化的过程中，欧盟宁愿接纳刚刚从前苏联分离出来的波罗的海沿岸国家，也不愿意接纳对近代欧洲有着颇多贡献的土耳其。

再看看土耳其大街上的铺子里，充斥着各种来自于土耳其的瓜果蔬菜、大米白面、甚至于饮用水，而且比一般的超市贵很多，可是土耳其人都喜欢来这里买东西。好像是土耳其人担心吃了德国的米面，喝德国的水，时间长了就会被同化成德国人了。部分土耳其人对于欧洲水土的谨慎，与欧洲对于土耳其和伊斯兰意识形态的谨慎可谓是不相上下。如果你喝过土耳其咖啡的话，更容易理解这种状态，咖啡末和白开水搅在一个杯子里，但总是融不到一块儿。因此，我们的午餐选择了烤肉，以及正宗的土耳其红茶。

法兰克福是一个自由的大舞台，无论文化背景、无论意识形态、无论种族肤色，所有人都可以搭台。正当我们在广场上看一组学生上演的音乐剧时，一位中国女性在德国朋友的伴随下走过来，用英语问我们是不是中国人。在得到肯定的答复后，这位小姐换用中文对我们说："那太好了，看上去不像啊！你们看看这个吧，在国内你们看不到的。"为了不打击他们的自尊，我们很客气地把宣传大法的资料接了过来，然后趁她不注意的时候扔进了垃圾桶。回头瞥见他们还在广场上四处招呼中国人，兜售着自由的材料，仿佛大家都是坐井观天的傻瓜。广场的一角还有专属于他们的一个台子，动静很大，但是光顾者寥寥无几。我和表弟商量决定，附近有这些人的时候就一言不发，他们无法从言语上判断出我们是中国人，就不会来骚扰了。

斋月的第一天我惊异地看到，也有穆斯林兄弟姐妹聚集在一起"表演"着，虽然他们载歌载舞的表演也带有聚会和休闲的性质，然而惊异很快就转变成了一种沉重和无奈。表演者是来自土耳其的库尔德人，不了解他们的人也许会以为他们手举的画像是萨达姆，其实那是库尔德工人党的领袖奥贾兰。奥贾兰几年前已经被土耳其当局捕获，现在正在狱中服刑。我很自然地想到那个具有讽刺意味的事实：当一群人期盼着土耳其为他们争取自由的同时，土耳其却也在剥夺着另外一群人的自由。

来自于土耳其的库尔德人也有他们的舞台，他们围成一圈跳舞，要求释放奥贾兰，并号召伊拉克的库尔德人和他们联合。我看到跳舞的队列中有一位妇女好像曾经出现在伊拉克战争前夕英国广播公司的一个访谈节目里。她是一个伊拉克裔的库尔德人，在节目里她控诉着萨达姆政权是如何迫害他们。我同情他们，但是也厌恶他们出现在这个时候为这场肮脏的战争推波助澜。他们的使命就是在政客们因为没有找到大规模杀伤性武器而遭遇计划内的尴尬时，还可以把这些人亮出来以证明这是一场给被压迫的人民带来自由的侵略战争。

最具有人气的广场组合当属印第安音乐人，他们一边吹奏他们自编的曲目，一边推销灌制的 CD。印第安人乐手没有横幅和诉求，尽管他们历经杀戮与驱逐，他们的家园也已经湮没在一个"自由世界"里。

而这个世界也给了他们带着风笛行走的自由，他们的乐曲具有一种原始的野性和感染力，无须言辞，听众们便已经了解了他们的今生和后世。

这座城市里最古老和庄严的建筑物当属法兰克福大教堂。机场的一张明信片上显示，1945 年 6 月，盟军轰炸过的法兰克福成了一片废墟，全城几乎没有一座立着的建筑物，画面中只能够辨认出被削去一半的这座教堂。我们这一代人没有经历过战争，但是可以想象得到：在那样的战争中，做人的尊严同人的肉体一样，是被残害的对象。人群倒下了，信仰也不容矗立着，哪怕他们自称有着相同的信仰。在那一刻，人的内心不再存有高尚的使命，而只有凌辱同类的快感。自从哈里发时代，人类便少有为心灵的解放而发起的战争，更多的只是为了攫取领土和财富而进行的血腥屠戮。

法兰克福大教堂是一座天主教堂。特点是里面充斥着各色的雕塑和画像——耶稣、"圣母"、形形色色的"圣徒"，以及各地收藏家捐赠的奢华工艺品，尤其引人注目的是墙上巨大的管风琴。周日举行弥撒的时候，音乐与建筑所营造的视听感受，足以让坐在这里的信众们如醉如痴。然而，当年这些被美军的炸弹炸得粉碎时，他们又何处去寻找这种来自感官的宗教体验呢? 德国人默默地以德意志式的坚韧修复了这座教堂，我猜当初的劳工里面不乏来自土耳其的穆斯林，他们在休息的时候把毯子铺在废墟和工地上礼拜。他们可能不理解教堂带来的宗教体验，尽管他们一砖一瓦地修复了它。当他们在土地上礼拜的时候，那种崇高与救赎的体验来源于内心。然而遗憾的是，他们并没有把这种体验更多地传递给德国人，他们只是来打一份工。这个国家很快复苏了。今天，他们开始施舍给这些人以及其他穆斯林以自由。不错，在这里你有权与那些抗议转基因食品的周末宣传队做邻居，卖唱，抑或是卖国，只要你不质疑毒气室，一切都是合法的。

在法兰克福的街市中,"自由"一词却在我的体内制造了胸闷,甚至有些惶恐。那种惶恐的感觉,类似于少年时代感受到宇宙的无垠——地球被禁锢在一个广袤的星际迷局之中,不知道自己从哪里来,要到哪里去。那些跳舞的玩偶,用歌声为铁窗中的囚徒争取自由,而外面的世界又何尝不是一个更大的牢笼?

因为法兰克福之旅留下的这种胸闷,几年之后歌德的一首诗《Unbounded》引起了我的关注。我在大学图书馆里找到了它的德文原版和英文版。

你不会结束，这是你的伟大，你没有开端，这是你的造化，你的歌像星空般循环回转，开端和结尾放射同样的光华。

——歌德：《心驰》

请允许我借用了中文译本的词句，将题目从《无极》改为《心驰》。因为我坚信诗中所描述的"无极"，只存在于诗人的内心。歌德的这首诗，书写了他与四百年前的东方苏菲诗人哈菲兹的心灵之交。歌德书写这些诗句的时代，资产阶级大革命的激情与幻境正在消散，新秩序一如既往的压抑。于是歌德、雪莱、普希金等欧洲知识分子提起笔来开始重新书写自由。同一年代，雪莱完成了《解放了的普罗米修斯》，"解放"的英文原词同样也是 Unbounded。不同于雪莱从古希腊神话中去寻找自己的灵感，歌德把视线转向了东方，从苏菲穆斯林的诗句中探索出路。结果他发现了波斯苏菲诗人哈菲兹，并跨越时空与他结为"孪生兄弟"。

多年以后，我看了一段解密视频：美军武装直升机在伊拉克街头追逐射杀了一位开车送孩子上学的父亲，因为他停下车来救助先前被机枪扫倒的几个路人。之后，我怀着悲愤的心情重读了歌德的诗，并尝试着进一步去理解"自由"一词的含义。如果有人不理解为什么来自于"自由世界"的歌德，要从古老的东方文明中去寻找自由的元素。看过这段视频，人们便会理解了。

让整个世界去沉沦吧，哈菲兹，只需你留下与我比肩，孪生的你我，共享欢愉和苦难……

——歌德：《心驰》

在缅因河畔法兰克福只有两日的旅途，然而我的心在继续漂泊。幸运的是，在这座让我产生迷失和胸闷的城市里，诞生了歌德。有歌德的诗歌为伴，追逐自由的旅途变得不那么无奈和惶恐。有朝一日，也许穿越季节和空间的旅途也变得不那么重要了，因为心境可以跨越一切地驰骋。哪怕，置身于一个现实的牢笼中。

悉尼路上的粮店

常回忆起那些悠闲的午后，我们四目相望，调侃着卡布奇诺表面粗糙的奶油花纹。更加难以忘怀的，是身边那些变迁的社群。时光是一部电影放映机，把几百年前的先辈投影到悉尼路上。他们的欢喜和悲伤就在身边，上演得如此真切，以至于我们也置身其中。

澳洲流传着一个段子，说原来悉尼和墨尔本都想当首都，争执不下。于是悉尼人出了一个主意：两边派人赛跑，分别从各自的城市出发，在相遇的地点定都。墨尔本人听说是赛跑，就派了城中最快的赛跑手出发，而悉尼人则派出了一个跑得最慢的选手。于是两人在堪培拉相遇，最后堪培拉成为了澳大利亚首都。因为墨尔本人跑得太快，所以堪培拉离墨尔本远，而离悉尼近。

这显然是个笑话，但是代表了这两个城市人的特点。悉尼人精明算计，而墨尔本人纯朴直率。从墨尔本城外开始直奔悉尼的一条大道，就叫作"悉尼路"。如今的悉尼路是一条热闹的街市，这要得益于后来迁入墨尔本的各国移民，希腊人、意大利人、中东人、土耳其人，他们给英式的墨尔本带来了一股地中海风情。沐浴着澳洲明朗阳光,墨尔本让我流连忘返。

布伦瑞克是悉尼路上核心的商业区,酒吧、餐厅、肉铺、杂货铺林立,不同民族和文化背景的移民在这里交融,落地生根。布伦瑞克人遵循各自的文化背景和行为规范生活,澳洲移民大熔炉的效应在这里打了折扣。

这里是墨尔本黑帮暗战的舞台。火拼最激烈的时候,墨尔本警方警告大毒枭不要上街乱逛,最好来警察局接受保护,意大利裔的毒枭不听,还是独自去街角的酒吧自斟自饮,结果被对家雇的杀手爆头。也许对于他来说,不能泡吧,简直就是生不如死吧。

这里也是阿拉伯裔移民的聚居区,走进一家阿拉伯餐厅,你可以一眼看出三代移民——戴头巾的老太太,因为语言的缘故,少言寡语。栗色披肩发,操着澳洲口音英语的少妇,用阿拉伯语和老太太交谈,一会儿又回过头来对我们抱歉地说:"对不起,今天妈妈没有做汤,你们改天来吧。"同时,老太太也面带微笑,愧疚地望着我们。旁边篮子里的婴儿哭了,少妇一边忙着手头的活计,一边晃悠着摇篮哄着"海比比——海比比——"(阿拉伯语:开心)。这里是一个变迁中的样本。悉尼路上的居民让我感到亲切,因为我的前辈们也经历了同样的迁徙、失落、坚持和传承。

我们每隔两周,就会去悉尼路上的一家土耳其肉铺采购,顺便去旁边的一家黎巴嫩粮店打打牙祭,这里有味道绝美的菠菜馅儿比萨。之所以说它是"粮店",是因为这里主营的是中东运来的米面粮油,餐饮只是副业。我和哈芙赛婚后一直两地分居,忙着各自的工作,经历数年,好不容易在澳洲相聚,我们喜欢坐在粮店里吃比萨、喝咖啡的感觉,简单而朴素。周末澳洲的阳光下,悉尼路上的粮店里洒满了二人世界的甘甜和平静。

粮店里所有的食品都是清真的，但店主并不一定是穆斯林。移民到澳洲的黎巴嫩人大多是基督徒，他们中的佼佼者是时任维多利亚州州长的黎巴嫩移民后代布里克斯。除去酒吧，黎巴嫩基督徒开的基本都是清真店。粮店里面彰显的是阿拉伯民族文化，墙上既有圣母马利亚的图像，也有用阿拉伯语书写的安拉的尊名。来这里吃饭购物的既有穆斯林，也有基督徒，有阿拉伯人也有其他澳大利亚人，大家以礼相待。

时值 2006 年，以色列和黎巴嫩之间爆发了战争，旷日持久的轰炸造成了大量平民伤亡，孩子们也被无差别地杀害。墨尔本黎巴嫩人社区的气氛好像澳洲 7 月份的天气一样，变得阴冷和肃杀。周末我们去悉尼路采购，前面一个路人示意我停车稍候，然后庄重地从马路上捡起了一面被风吹落的黎巴嫩国旗。我这才意识到，悉尼路多数铺子都打出了雪松旗，无论是黎巴嫩人的铺子，阿拉伯人的铺子，还是土耳其人的铺子。

粮店的收银台上多了一个捐款箱，餐桌上的菜牌上插了一张印有诗句的卡片，上面写着黎巴嫩诗人吉布兰的《致我逝去的人民》：

> 我的人民离去了，而我依旧活着，
> 在孤独中为他们致哀。
> 我的朋友逝去了，
> 在他们的死亡中，我的生命也化为乌有。
> 故乡的丘陵已被血泪淹没。
> 我挚爱的人已经离去，我依旧在此，
> 回首往昔，他们与我共享生命恩典，
> 曾几何时，阳光普照故国那被祝福的山峦。
> ……

店家精心挑选了这首诗，来映衬澳洲黎巴嫩人对于时局的悲愤和无助。吉布兰生于 19 世纪的黎巴嫩，后旅居美国。他为在第一次世界大战中颠沛死亡的同胞写下了这首诗。吉布兰在纽约去世，按照他生前的遗嘱，被后人送回故土黎巴嫩安葬。

悉尼路上的粮店，是我们迁徙路途上的一个驿站。时常回忆起那些悠闲的午后，我们四目相望，调侃着卡布奇诺表面粗糙的奶油花纹。更加难以忘怀的，是身边那些变迁的社群。时光是一部电影放映机，把几百年前的先辈投影到悉尼路上。他们的欢喜和悲伤就在身边，上演得如此真切，以至于我们也置身其中。对于迁徙的人们来说，到底需要历经几代才会忘却故土，并皈依自己现在的祖国？悉尼路再长，也长不过解答这个问题的旅程。

夏日的最后一抹晨曦

> 我知道阿克是在迷惘中,尽管他满口的豪言壮语。我自己又何尝不是如此,难道我要把《古兰经》留给迷惘的人,比如阿克,让他自己去寻找答案?《古兰经》是用他的母语写成的,难道我比他更能理解其中的文字吗?

夏日渐渐消逝,北国充满阳光的日子也越来越少。我在一个阴涩的早晨启程。前一天晚上和同事一起聚会,在酒吧里聊到了很晚。待在火车站的候车大厅,我盘算着一会儿上了车,就舒舒服服地睡上一觉。我抄起旁边座位上的一份英文《圣彼得堡日报》——头版上的大幅照片是几个哥萨克人正在进行骑术训练。在赫尔辛基中央火车站里看到圣彼得堡的报纸不足为奇,从这里乘车出发,不出两三个小时就可以进入俄罗斯境内。如果不是签证的限制,我真想跳上那趟开往"列宁格勒"的列车!

就在这个时候,一个邂逅的人从我身边走过,打量了我一会儿,然后坐在了我旁边,向我问好。他显然是头天晚上喝醉了酒,在街上过了一夜，口腔里散发着一股发酵的气息。"我是伊拉克人！"他大声地介绍，"不，我不是库尔德人，我是阿拉伯人，是逊尼派，你知道什叶和逊尼的区别吗？"说实话我当时真的没有心情和这样一个经历了宿醉的人来讨论"什叶"和"逊尼"的问题，我甚至不想告诉他我是穆斯林，并且下意识地把手搭在了我背包的拉链上。我不知道该如何称呼他，姑且叫他"阿克"吧。

而阿克的眼睛并没有盯着我的背包，只是专注地卷着一支香烟，嘴里絮叨着，好像我是他的一个意气风发的哥们儿："我妈妈是芬兰人，我在这里生活二十三年了，但是我一直没有申请这里的国籍，因为我的祖国是伊拉克！"

我不知道该如何应答，我看到许多虔诚的穆斯林在为发生在伊拉克的一切而感叹，我当然也无法拒绝"阿克"的感叹。阿克看我没有太多的回应，低着头继续卷他的烟丝。沉默了一会儿，阿克突然抬起头来说："你知道吗？共和国卫队本来是可以抵抗的。他们有很好的武器。"我只好讪讪地回答："但是他们怎么一下就消失了呢？"

阿克一副不服气的样子，继续发表他的讲演："我们一直没有放弃抵抗，你看新闻吗？石油管道每天都要受到袭击。而真正的袭击要比他们的电视台里报道的多得多。我天天看'半岛电视台'，那里才有真实的报道。"我这才意识到，我十分喜爱但是听不懂的"半岛"里面说的是阿克的母语。"如果有机会的话，我真想亲手干掉一个美国鬼子！"阿克继续拍着胸脯对我说。

得知我是中国人后，阿克更兴奋了，"……我喜欢中国，我小时候在伊拉克，有一支钢笔是中国产的，很好用。中国现在是第二个'超级大国'，我希望你们再强大一些，这样美国佬就不会那么猖狂了！"说着，阿克的烟卷卷好了，他冲我挤了挤眼睛说："我去外面抽根烟，一会儿就回来。"然后阿克起身消失在了车站的大门口。

烦人的阿克消失了,我心里却有些不安。其实阿克也没有那么招人讨厌,他只是看到了一个黑头发的亚洲同胞,想唠叨唠叨心中的苦闷而已。我不知道一会儿阿克回来的时候,我该如何面对他,我不知道是否告诉他我也是穆斯林。或许我该默默地离开,然后在座位上的《圣彼得堡日报》旁边给阿克留一个纸条,或者是一本《古兰经》。

然而我立即就开始嘲笑自己的想法,我这次出来旅行,确实带了一本《古兰经》,但是这段日子里,一直没有翻动过。我知道阿克是在迷惘中,尽管他满口的豪言壮语。我自己又何尝不是如此,难道我要把《古兰经》留给迷惘的人,比如阿克,让他自己去寻找答案?《古兰经》是用他的母语写成的,我比他更能理解其中的文字吗?

于是,我决定出去找到阿克,尽管我还没有想好对他说什么。走出赫尔辛基火车站宏伟的大门,发现一直阴涩的天空此时正好放晴,阳光下有两个人坐在地下通道口抽烟,悠闲地享受这转瞬即逝的晨曦,然而这里没有阿克。环顾四周,车站门前四个托着地球的石头巨人默默地站着,一副什么都不知道的样子。

就要开车了，我只好放弃了寻找那位经历了一夜宿醉的"逊尼兄弟"。这世界上注定有些人躲不掉，有些人见不到，有些人擦肩而过。推开火车站厚重的大门，它们通向远方。推开一扇门，就代表着一个选择，一段未知的旅程，一群素昧平生的同路人。当列车缓缓加速的时候，晨曦褪去，天空飘起了雨，斜斜地打湿了窗户玻璃。从此夏日消逝，我将和它一起离开，在四季中穿梭，去寻找答案，解决阿克和我的困惑。

拜叔的比萨

仲夏节的晚上我乘船出海,去苏梅丽那岛上看焰火表演。散落的烟花瞬间映衬出海水、岛屿、要塞,营造了一个魔幻的境界。我坐在遥远的异国彼岸,想起了《百年孤独》里面似乎有一段描写焰火的场面。百年孤独,并不是每个民族都可以理解的。

赫尔辛基的夏日是都市夜生活的天堂,但基本上社交活动都发生在酒吧里,这让我无所适从,我不喝酒,无法在微醺的状态下高谈阔论。

枯燥无味的业余生活终于得到转机,一天下班后我发现距离饭店一个街区的地方有一家"土耳其"快餐店。偏偏那天拜叔在门口和人聊天,让我认出了他那张脸,知道这里应该是自己人开的铺子。

其实论年纪"拜叔"只能算是大哥,因为他那斑白略秃的头发,让我初次见面就给他升了一辈。我不知道拜叔的名字,后来彼此熟悉了,我更是不好意思问。因为他是阿塞拜疆人,所以我称他为"拜叔"。

拜叔第一次见我的时候就很热情,但是我总觉得他那是在招揽顾客。记得那天我一进门,问拜叔这个馆子是不是清真的。他好像不太明白"清真"是什么意思。于是我只好问他是不是穆斯林,这时拜叔两眼放光,连声说是,并且拍着胸脯让我放心,在这里吃饭绝对没有问题。

  阿塞拜疆人是中亚菜系中最好的厨子,但他们的饭馆总打着土耳其美食的旗号。就好像中国大多数兰州拉面馆都是青海人开的一样。自打碰到拜叔和他的店之后,我的生活质量明显改善,不单单因为可以吃到多汁的烤肉米饭和比萨,而且在晚上顾客较少时,拜叔喜欢用红茶把我留在他的店里一起聊天。

  拜叔是伊朗人,是伊朗的阿塞拜疆族人。拜叔的冰箱里有一层专门是放啤酒的。有一次,他拉开冰箱门,指着那些啤酒说:"我恨这些东西。那些客人来了,就知道要啤酒啤酒啤酒,他们总是嫌我的饭菜贵,可是喝起酒来,从来没有见他们挑剔过价钱。"

  我知道这是拜叔有意无意地对这些啤酒的一个解释。拜叔在这里很少可以遇见我这样的"老乡",所以他在别人面前没有必要为自己的铺子里卖酒而感到脸红。而我来了,拜叔怕我会对那些酒感到困惑。其实,拜叔的解释是多余的。我来自中国,不是伊朗或巴基斯坦,多数的中国清真餐厅也是卖酒的,我见怪不怪。

  仲夏节的晚上我乘船出海,去苏梅丽那岛上看焰火表演。散落的烟花瞬间映衬出海水、岛屿、要塞,营造了一个魔幻的境界。我坐在遥远的异国彼岸,想起了《百年孤独》里面似乎有一段描写焰火的场面。百年孤独,并不是每个民族都可以理解的。

  晚上回去的路上我置身于疯狂和放荡的街市中,身边每个人都醉了,有人用脚踢同伴的脸,有人蹲在车站的遮雨棚上,有人躺倒在街边的椅子上,不知道是否就要在这里过夜了。人们不分男女在路边解裤子方便,甚至路过哥特式的国家历史博物馆的时候,也能听到院子里传来摔酒瓶子的声音。我不敢左顾右盼,一路逃回了饭店。

第二天吃饭的时候，我向拜叔提到了我昨晚看到的疯狂。这触动了拜叔的神经，他开始慷慨激昂地抨击起这个城市来。他学着别人醉酒跳舞的样子扭动着上身，非常逼真，和我昨天晚上看到的一模一样，甚至拜叔的扭动还更有韵律。

拜叔的愤怒来自于昨夜的辛劳，因为昨晚来吃饭喝酒聊天的人一直把他耗到凌晨两点半，所以今天见了我，拜叔自然要倒倒一肚子的苦水。"你知道吗，这些人如果没有酒，什么事情也做不了。"说着，他耷拉下脑袋，装出一副可怜兮兮的样子，让我忍俊不禁。"一旦他们喝醉了，就要开始胡搞。他们会随便在别人家里过夜，随便地和别人上床。等第二天他们醒来的时候，甚至记不清昨天晚上是在哪里过的夜，和谁一起睡的……这些人，满脑子里想的只有性。"

拜叔的唠叨有夸张的成分，当地人尽管喜欢喝酒，但是平时的生活和工作却很严谨的。而且街上也随处可见恩爱的夫妇，一起推着婴儿车或者领着小宝宝逛街。可能拜叔每天在饭馆里，接触的都是那些醉醺醺的食客，恐怕从这些人的嘴里，他很少能够听到阳春白雪，所以这个社会在他的眼睛里也格外的暗无天日。

拜叔把帽子摘下来，指着满头的白发对我说，他在这里待了十二年了，还是不能理解这里的人们，不能理解那些醉鬼，以及为了入籍而骗婚的"婊子"。拜叔也抱怨说他因为做生意，失去了很多，每天他夜里回家的时候，孩子们都已经睡了。说着，拜叔流露出伤感的样子。

任何一个聆听了拜叔对这个城市的抱怨和咒骂的人，都会问一个问题："既然你这么厌恶这个城市，为什么还要留在这里呢？"我心里也闪过了这个问题，然而我憋着没有开口。让拜叔来回答这个问题无疑很残忍。拜叔之所以在我面前很健谈，夸张地针砭时弊，仅仅是为了向我这个被他视为同胞的人极力表白，并且在陌生的城市中寻找身份认同，发泄积压已久的怨气。拜叔在这里卖出去一盘子饭菜的价钱，是他老家的几十倍。拜叔只会对我发发牢骚,而他每个月底往银行里存钱的时候,绝对不会有同样的怨言。

拜叔的故乡是我向往的土地,是月亮升起来的地方。这个世界上的很多美感都来源于一种距离。我想我对拜叔故乡的感觉可能也掉入了这个定律中。有一次,我的两个伊朗朋友听说我认识了一个来自伊朗的阿塞拜疆人,就给我讲他们的笑话:说历史上有一个阿塞拜疆国王很高傲,认为世界上所有的民族都起源于阿塞拜疆族。有一次人们问这个国王:是先有阿塞拜疆人呢,还是先有阿丹(人类始祖)。阿塞拜疆国王说,当然是先有阿塞拜疆人!

伊朗朋友怂恿我去问拜叔同样的问题。我当这是个笑话,就和拜叔讲了。没有想到平时乐呵呵的拜叔面露不快,"你看,他们就是这样嘲笑我们,嘲笑我们的口音。"他嘟囔着,扭过头去不再搭话。多年以后,我才意识到这个玩笑可能开大了,因为"阿丹"在波斯语里也是"人"的意思。说"阿塞拜疆人生在阿丹之前",似乎有点儿冒犯骂人的含义。难怪拜叔会不高兴。他在这个城市里找不到自己,然而那个月亮升起来的地方,是他真正的故土吗?

临走的头天晚上,我告诉了拜叔。"怎么?这就要走了,太遗憾了。"拜叔摇了摇头,"明天我给你做一个特别的、大大的烤肉比萨,给你送行。"说实话,经历了这些天,我一直不能肯定,拜叔对我的热情和特殊关照,到底是真的把我当成同胞诉说衷肠,还是仅仅为了留住和取悦我这个顾客侃侃而谈,或者两者兼而有之。我不知道,也不想问,答案在我们分手的那天揭晓。

第二天是个周末,旁边的足球场里有场世青赛的半决赛,上午我闲来无事,也去看球。散场的时候正是饭点。因为球赛的缘故,拜叔店里的顾客爆满,一直排到了大门口。拜叔和一个伙计在工作间里挥汗如雨地和面。拜叔的妻子是一位俄罗斯大姐,在外面忙着招呼客人,而拜叔四岁的小儿子——乌都斯（阿塞拜疆语里"星星"的意思），似乎知道父母工作的艰辛，便踩在凳子上，去摆香烟盒。我心里有些酸楚，我不知道"星星"在这个城市中的未来是什么，我肯定他会受到良好的教育，然而他心中还会有故乡的那轮新月吗？他的名字是星星，注定要月亮陪伴！

看到拜叔一家人这么忙，我没有点比萨，只是点了抓饭，怕和面会耽误他很多时间。匆匆吃完饭，我远远地对工作间里的拜叔摆了摆手，走出了店门，然后准备取上行李奔赴机场。刚刚走出了一段距离，突然听见身后有人叫我"兄弟……等等！"

我回头一看，是拜叔朝着我一路小跑过来，身上还是那件红色的可口可乐工作衫。因为干活儿出了汗，他没有戴棒球帽，脑袋上露出花白的头发。拜叔向我伸出沾满了面粉的手，示意我握他的手腕。面带愧疚地说："不好意思，今天客人太多了，不能好好送你……"我的鼻子有些酸楚，欲言又止。和拜叔拥抱告别的时候，他很小心的样子，生怕把手上和身上的面粉沾在我身上。然后转过身，一溜小跑着回去，留下一个红色的背影……

多年以后，北京朝阳门外的日坛上街开了一家土耳其餐厅叫"沙漠玫瑰"。老板和伙计都是阿塞拜疆人，它再次证明了阿塞拜疆人是优秀的厨子和餐厅老板。日坛上街的外国餐厅大多在一两年内关张，只有"沙漠玫瑰"最持久，最红火，我最喜欢它的比萨和阿塞拜疆抓饭。我去"沙漠玫瑰"除了品尝美味，还会品味有关拜叔和他铺子的回忆。尤其是当我也终日操劳，早生华发，不能在哈米黛睡觉前回家时，我会更加理解当年拜叔的失落。虽然我最终回到了北京，这个守护我长大的城市。然而，我却一如拜叔般的不时困惑和持续寻找——寻找我们共同的、失落的故乡。

冰封的铁皮船

每天,我从白桦林中的小屋望着冰封的海面,期盼着春天的到来。春天来了,海水化了,我就可以驾着那艘绿色的铁皮船,去找我的哈芙赛。

定居芬兰的那年,大家都认为我熬不过第一个冬天。可是第二年开春的时候,他们惊诧地见到一个充满活力、身型健硕的我,完全不像是刚刚结束了压抑的冬眠状态。因为我找到了在这片土地上过冬的秘籍——越野滑雪。

十一月到十二月之间的天气确实很恼人,芬兰湾受到海洋气候的影响,在这个时间段里温度并不是很低,但日照很少,地上的雪经常处于半融化的泥泞状态,行路艰难。而从十二月底到次年四月,日照增强,气候干燥,温度降低,整个大地被冰雪覆盖。赫尔辛基在世界上所有的首都城市里,是唯一的冻港。芬兰湾的海面全部变成了厚实的冰面,沿岸的岛屿也被冰面连成一片,于是我惊喜地发现,冰雪不但没有让我故步自封,反而让我的活动路径变得更丰富了!

送走哈芙赛的那天下午，我意识到自己必须一个人面对这个冬天。于是我去附近的超市买了一副越野滑雪板和手杖。这些在当地是生活必需品，陈列在普通的日用品货架上。店员也很专业，先测量了我的身高和体重，给我配备了相应尺寸的设备。

住处楼下的雪地上就有压好的雪道，像两条铁轨一样沿着小路伸展到各个方向。我不需要上滑雪课，因为身边的滑雪者都是老师。冬天的越野滑雪不同高山速降滑雪，对技术和身体的要求不高，对于芬兰人来说如同散步，老少皆宜。经过几次蹒跚学步，我就可以自如地滑向远方了。

慢慢地远离自己居住的小区，滑行进入未曾涉足的空间，在林间穿行，跨越白雪皑皑的高尔夫球场和起伏的丘陵，我的心中荡起一种兴奋和冲动。这冲动如同孩提时代第一次奔跑，第一次蹬起自行车，第一次远离家门开始住校生活。这是一种告别固守的空间，拓展进入未知领域的慌乱和兴奋。

这种兴奋在我试探着滑出岸边，进入冰封的海面时达到高潮。因为开阔的海面上没有压好的雪辙，我开始尝试自由式滑法。一旦滑起来，就欲罢不能。冰面下的深海发出带有魔力的召唤：你到底能走多远？我只顾狂野地一路向外海滑去，渐渐地海面上只剩下我一个人。直到最终被一堵雪墙挡住。

这时候视野中出现了一座巨大的白色"宫殿"，那是往返于赫尔辛基和爱沙尼亚首都塔林的邮轮"塔琳娜号"，她就在雪墙的另外一边，沿着破冰船开拓出来的水面缓缓离开港口。我第一次距离一艘移动中的万吨巨轮如此接近。在苍茫的海面上，我站在美轮美奂的白色宫殿前，感到自己是那么渺小，行走空间又是如此广阔。不曾想到一次冲动的突破之后，竟是这样一场纯粹绝美的邂逅。

周末，我尝试着滑雪去城里的清真寺。因为路途较远，我穿上了厚实的运动衣裤,头戴滑雪帽,背上装满了零食和水的双肩包上路。清真寺所在的楼宇坐落在市区的河道旁边,所以我的路线计划是沿着海岸线推进,穿过几座岛屿,然后从港口进入河道,一直抵达清真寺。

我"下海"的地点是一个收敛在陆地怀抱中的港湾,布满了深入海面的地峡和岛屿。一声声悠远的钟鸣传了过来,我循着声音找过去,发现它来自掩映在岸边树丛中的一个小教堂。显然,当初人们在岸边修建这个教堂的时候,就考虑到了冬季海面成为通道的因素,所以,教堂如此贴近大海,使得许多附近岸边和岛屿上的人家都可以乘雪橇或者踏雪而来。

大约在1155年,瑞典的埃里克国王与苏格兰出生的主教亨利一起发动了瑞典对芬兰的第一次十字军东侵。亨利随后留在芬兰布道,为归信者洗礼。一个叫作拉利的农夫在冰冻的湖面上袭击并杀害了亨利。我想,亨利也许就是从冰面上前往某一个小教堂的路上和凶手狭路相逢的。后人编纂的书中有一幅插图描述了这样一个场景:亨利变成了"圣徒",而杀害他的农夫则匍匐在他的脚下,身边是一把锋利的斧头。我倒是觉得亨利大主教以利刃开始"洗礼",最终被利刃结束了生命,不正是一个"善始善终"的公正结局吗?

阳光经过雪地的反射刺得眼睛几乎睁不开,要戴上墨镜才舒服一些。我左顾右盼地打量着,一位滑雪而过的老人和我对视上,很友善地打了个招呼,然后向远处滑去。在冰面上还可以见到一些人在钓鱼。他们一般少则一两人,多则五六人,用锋利的铁杵在冰面上凿出一个碗口大的窟窿,然后支一个马扎,坐等鱼儿上钩。当地人甚至还流传着一个和我们一样的童话,说熊本来是有长尾巴的,后来因为把尾巴伸到冰窟窿里面钓鱼,被冻掉了大半截,成了现在的短尾巴。唯一不同之处在于:我们的童话里面说的是北极熊,而芬兰童话里面说的是棕熊。

一路上我还见识了传统的芬兰浴——一个盖在岸边的小木屋,旁边的冰面被开出一个"泳池",一段楼梯直接从小木屋通到池水里。据说还有一种"冷却"方法是钻到雪堆里面打滚,一般是孩子们在自己家的后院进行。芬兰还有一项传统的蒸桑拿竞赛,竞赛选手集中在一间桑拿房中,然后给房间不断升温,以坚持到最后一个出来的人为胜者。有一次芬兰朋友悻悻地告诉我:去年的桑拿比赛冠军竟然不是芬兰人。我说那一定是冰岛人!然后我们相视大笑。

我之所以执意要滑雪去清真寺,除了想突破活动的范围,更是想体验一种心灵的拓展。我们都生活在边界里,这边界或是居住的小区,或是固定的交通路线,或是一成不变的工作内容,或是划定的国土边疆,或是故步自封的传统理念。这些边界勾勒出寻常人波澜不惊的生活,在这边界内我们享受舒适的空间。而对于我来说,自出生之时起就面临着两种文化交织的边界,如今又增添了西方文化。在三者之间的碰撞、交织和纠结中,我没有找到舒适的空间,只有不停地游走,在游走中探求,在游走中享受突破的冲动,在游走中勾勒和拓展内心的边界,在游走中寻找故土。

我在中午的时候抵达清真寺,在河道岸边脱下雪板,走进坐落在居民楼地下室的伊玛尼(信仰)清真寺。不出我所料,这一天在清真寺我又遇到了"维奇"兄弟。"维奇"来自于波斯尼亚,他的全名我已经不记得了,所以用个通常的斯拉夫语名字后缀代替。维奇兄弟身型高大,总穿着长袍,戴圆顶的线帽,留着长长的金黄色络腮胡子,在流落到这里的波斯尼亚人中他与众不同。维奇是清真寺的常客,我第一次注意到他是在斋月的最后一天,他因为看月开斋的问题和来自加纳的阿訇产生分歧,最后大喊着拂袖而去,真是个直肠子!

维奇有一次请我去他家,讲了他过去的故事。说波黑战争的时候他正在上大学，萨拉热窝已经容不下书桌了，只能投笔从戎，最后成为难民流落到北欧。因为没上完学，只能做清洁工。本地的同事经常拿他的信仰开玩笑，有一次往他的书包里放了几罐啤酒，说这是送给他的炸弹。维奇气坏了，恨不得冲上去揍扁那人的鼻子。我说战争已经结束了，波黑也独立了，你为什么不回去呢？维奇回避了这个问题，我也不想深究。

维奇说有中国人来欧洲收购优质的比赛用鸽子，而他是个养鸽能手，擅长通过鸽子的眼睛看鸽子的成色，想请我帮他把介绍养鸽子的材料翻译成中文。我看他做清洁工收入不高，有个孩子还是残疾，估计还要靠政府的福利养家，就帮了他这个忙。因此维奇一直对我心存感激。我一直有种感觉，当我最后一次去这个清真寺的时候，也会碰到维奇，他会给我送别。

不了解芬兰的人总觉得芬兰人沉默寡言，其实是没有找到与芬兰人沟通的话题。提到了滑雪，他们的话匣子立刻打开。我也了解到，越野滑雪对于芬兰民族来说具有非常深刻的含义。苏联十月革命成功之后，曾经派红军大举进攻芬兰。当时正值寒冬，千里冰封，万里雪飘。红军的武器和辎重在芬兰的白桦林和湖泊中行进艰难，而芬兰游击队狙击手蹬着雪橇作战，机动灵活，最终击退了苏军，保持了民族独立。一提到这段历史和滑雪，无论是多么沉默的芬兰人都会两眼放光。同时他们对于融入越野滑雪生活的我也产生了亲近感和尊重。从某种意义上讲，越野滑雪是芬兰民族的生命，在雪地上经常可以看到年老的夫妇一前一后散步般地滑雪，或者是父母带着孩子一起滑雪，更有甚者还有父母把幼儿放在雪橇摇篮里，拴在自己身上在雪地上穿行。

然而，"伊玛尼"清真寺里的穆斯林兄弟们却很少有和我一样的越野滑雪经历。他们大多从事体力劳动，闲暇时间不多，迫于生活的压力，也没有我这样的闲情雅趣。在寒冷的冬日里，大家站成一排礼拜，我夹在众人之间，感受到他们的体温和呼吸，耳畔是唇齿之间的颂词，他们是波斯尼亚人、阿尔巴尼亚人、车臣人、巴勒斯坦人、库尔德人。身处这样一个"者玛提"（集体）中，我的脑海中时常浮现出一个令人心动、同时也令人纠结的名词——"达鲁萨兰"。

"达鲁萨兰"一词在中文语境中很难找到一个恰当的翻译，它的字面意思是"和平之国"。"达鲁萨兰"的边疆不是蜿蜒在山河之间的地理边界，这边界是刻画在理想和现实之间、彰显在正义和邪恶之间、警醒在慵懒和勤勉之间、纠葛在私欲和牺牲之间的界线。人们终生游走，去认识、拓展和保卫这条边界。对于那些在物质世界和精神世界两线流浪的兄弟来说，他们是如此渴望一个强大的寄托。他们得知我来自于中国，常常会面带艳羡，啧啧称赞地说："啊！中国，未来的世界第一大国！"我生在一个和平的国度，受到良好的教育，获得良好的工作，可以有选择地旅游、休闲。我具备改变社会的能力和机遇，哪怕仅仅是一点点。而没有祖国的"维奇"们只有纠结和无奈。为此我亏欠他们，我欠他们一个"达鲁萨兰"。

离住处不远的海岸有一座小山丘，哈芙赛第一次来的时候，我们牵手去山上散步。因为山顶传来阵阵狗叫，我们打趣地给它起名叫"狗岭"。狗岭不是个浪漫的名字，却是个浪漫的所在。翻过狗岭，就面朝大海。海面冰封后，我常去狗岭那边的海湾里滑雪。那片海湾里冰冻着一艘绿色的铁皮船，这船原本是海湾里的一艘巡逻艇。冰封的季节里，它被停泊在海湾中央，等待来年解冻后再派上用场。绿色的船体和船舷上挂着橘红色的救生圈，映衬在白雪皑皑的冰面上成为了一道景致。在定居芬兰之前的一次出差中，正值冬日，我在面朝这片海湾的度假饭店里蜗居，每天下班后给爱人写信。每天，我从白桦林中的小屋望着冰封的海面，期盼着春天的到来。春天来了,海水化了,我就可以驾着那艘绿色的铁皮船,去寻找我的哈芙赛。其实,虽然冰雪封存了铁皮船,但却营造了另外一番活力,从此海面上出现了穿梭的滑雪者。就如同人生的宿命,一扇门关上了,另外一扇门同时被打开。冰雪不是桎梏,桎梏是内心的慵懒和勇气的匮乏,让人裹足不前。

一天,我从新闻里看到芬兰作为调停人,组织印尼政府和亚齐独立运动领导人在赫尔辛基开会,代表团恰好下榻在海湾边的那座度假饭店。亚齐独立运动的诉求是在苏门答腊岛西北部建立一个更为纯粹的伊斯兰国家。多年以来,他们一直以政治运动和武力对抗以世俗信条治国的印尼政府。晚间,我滑雪行至饭店前的海湾,我曾经从那里眺望海湾,如今我从海湾里眺望灯火阑珊的一间间小屋。我不了解这一切分歧的背景,只是良久地望着那些小屋,祈祷他们能够达成一致。回家的路上是顶风前行,我领略了芬兰冬天的严酷,从陆地袭来的寒风像冰刀一样切割面颊。我不得不拉下帽子,只露出眼睛,向岸边突进。在这一刻我终于理解了芬兰人为何如此痴迷于咖啡和桑拿,这些正是我此时渴望的。

多年以后,命运和我们开了个巨大的玩笑。印度尼西亚成了我和哈芙赛的又一个经历聚散的欢喜和伤感之地。在雅加达的民俗公园,我特地参观了亚齐纪念馆,并被其中的一张照片所震撼。这张照片显示,荷兰殖民军队攻下了一个亚齐人的村庄,所有男女老幼抵抗到最后,尽数被屠杀。吊脚楼的废墟中,只剩下一个两岁大的幼儿坐在地上哭泣。亚齐人的反殖民战争带有强烈的宗教色彩,在苏门答腊的王公贵族被殖民者招安之后,亚齐的伊斯兰宗教领袖带领民众又持续了多年顽强的游击战。亚齐人在抵抗荷兰殖民者的战争中,坚持时间最久、战斗最顽强、牺牲最惨烈。这也就不难理解为什么亚齐人会与主流的世俗政府存在巨大分歧。

在新加坡工作的时候，我放弃了申请绿卡。因为在填表时我发现有一项条款要求：绿卡持有者在新加坡处于紧急状态时须进入预备役部队。尽管别人告诉我这种情况基本上不会发生，可我还是放弃了，这不是可能不可能的问题，而是一个原则和态度的问题。为祖国而战，是一项神圣的使命和责任，我不能轻言放弃。"维奇"的同胞，波黑第一任总统伊泽特贝戈维奇在早年的著作《伊斯兰宣言》中阐述：作为一个穆斯林，只能够在圣战中呼唤着安拉的尊名而战死。然而在历史的长河中，又有多少纯粹的宗教战争？多数只是冠以宗教的名义，实则是对土地和资源的争夺。伊泽特贝戈维奇最终也成为了一个世俗国家的总统。我的血脉根植于中国，在世俗的战争中我不会为除中国而外的其他国家而战。如果北京被外敌攻陷，我会扛着铁锹在京津塘高速边上埋设路边炸弹，把作为中国人的责任履行到底。然而，更加艰难的战斗和牺牲往往发生在没有硝烟的战场，那是认识自己和拓展内心的战斗。

四月初，我滑雪上狗岭眺望海湾。水面还没有完全解冻，但是可以感到一种深沉盎然的涌动，冰面下的大海正在苏醒，这是一种无声的震撼。在这令人鼓舞的期盼中，我又平添了一份伤感，冬日里的那些冰雪带来的通途也将消失。这时，一对芬兰滑雪父子停下来向我问路，偏巧我知道那个地方，就用雪杖给他们指路，我俨然已经变成本地人了，越野滑雪融入了我的血液。

秋去冬来，一年之后，又一个滑雪季来临。而我将离开芬兰，去南半球与爱人团聚。离开芬兰的那一天，我到清真寺告别。我没有滑雪去，因为我已经把雪板送给了一个爱尔兰同事。他来芬兰三年了，有一个芬兰女友，而他竟然一直没有尝试越野滑雪，为了鼓励他融入这里的生活，我把雪板留给了他。不巧"伊玛尼"清真寺没有人，大门紧锁。而承领着命运的安排，我在车站偏偏碰见了维奇，我们握手寒暄着告别。分手之后,维奇可能觉得刚才的告别太过简单,又给我打来电话,用他那特有的机关枪式的语调向我说了一大串祝福的话。

多年过去了,在波罗的海上滑雪的经历,以及与清真寺的告别在我的记忆中抽象成为一幅画卷——漫天大雪中,维奇送我到岸边,身穿长袍的他投下一个瘦削的身影,远远地向我挥手。而我踩着雪板,身着冲锋衣,头戴滑雪帽,双肩背包里装着我的行囊和给养,回首告别之后,戴上墨镜,一路向南,消失在白色的沧海和松林耸峙的岛屿之间,去为"达鲁萨兰"的边疆而战。

菩提国里的星光

有一个衣衫褴褛的乞丐跪在食摊前面,双手合十地乞讨,大姐迅速包了一份饭菜让他拎走了。以佛祖的名义乞讨,以安拉的名义施舍,温馨的场景展示了菩提国里大家彼此包容相助的一个瞬间。

夜晚从空中俯瞰曼谷,你会惊叹于她的美丽。星罗棋布的灯火经过人为的雕琢,给这座城市蒙上了一层端庄的光晕。视旅游业为生命线的菩提国,在客人们尚未降落的时候就已经迫不及待地开始展示这座城市的魅力。

一早从旅店出来,我们就发现了街对面那尊著名的四面佛。在曼谷,几乎每一座像样的建筑物旁边都会供有一座佛龛,我们面前的这一尊四面佛据说是最灵验的。它吸引着无数慕名而来的善男信女,就连路过的汽车里的乘客,也要面对这尊佛像双手合十,可见这种信仰已经深深地植入到了泰国人的生活中。

我们选择坐船巡河而上,去探访闻名于世的大皇宫。水陆交通在早期的曼谷一定十分盛行,因为一路上看到很多依水而建的宏大寺院，皇宫也是如此。过去人们的生活都是围绕着这条河流以及它的分支进行，乘船上寺院进香，去赶漂浮的集市，婚丧嫁娶，沐浴更衣。河流是这个城市的动脉和血管，里面流淌的血液是他们虔心的生活和信仰。

一座同样是建在河边的清真寺进入了我的视野。对于清真寺出现在菩提之国我们并没有感到惊讶，因为昨天夜里到达旅店的时候，我们就从市区地图上找到了一些星月的标记——每一个星月都代表了一座清真寺。其中有一处地方星月标记密集，因此我们推断出那里肯定是一处穆斯林聚居的地方，类似于北京的牛街或常营，于是我们计划在那里吃午饭。

眼前的这座清真寺很符合逐水而居的生活特点，它有一个小小的码头和深入水中的台阶。想必主麻日或者过节的时候，一家人就乘船而来，把船只泊在台阶下面，走上岸去彼此道着色兰（平安）。而寺里的穆安津（唤礼员）每天在落日的余晖中喊过阿赞之后，也许会留在叫拜楼上，望着落日的余晖中赶"纱暮"的片片舟楫，由远而近……

于是，我们开始对生活在这个国度里的同胞产生了浓厚的兴趣。他们把自己的生活完全融入了这个社会的风格中，而他们又是如何固守着与主流宗教格格不入的信仰呢？带着这个好奇，我和哈芙赛在这个烟火弥漫的佛国中开始短暂而感触颇多的追逐星光之旅。

我们到达皇宫的时候下起了小雨。皇宫因为上午有法事而暂时关闭，下午才对游人开放。"突突"（三轮摩托车）司机，长尾船的船主们则不停地招揽生意，指着地图说要拉着我们去这儿去那儿。我们决定借这个机会去造访曼谷那个遍布着星月标记的"牛街"。问路的时候人们总是困惑地看着我们，用特有的口音，拉着长长的声调说："这里什么都没有……来曼谷当然是要看菩萨的……"

我们循着地图乘渡轮过了河。河这边安静了许多，几乎没有游客光顾，这里展示的是当地人寻常生活的一面。由于河这边的"突突"司机都不会说英语（学会英语的人都去对岸赚外国人钱去了），我们没有办法和他们沟通和划价，只好步行向目的地走去。走了一会儿，搭上了一辆公共汽车。一上车我们就觉得应该错不了，因为前排座上就坐着一位戴盖头的大姐。坐了几站地，戴盖头的大姐下车了，我们也匆匆地跟着从没有门的公交上跳下去。一抬头,就发现一个院子的牌子上写着一串阿拉伯文,看来我们是找对地方了。

我们一时间还无法从这里人们的面庞上分辨出他们与普通泰国人的区别,只是不时地看到三三两两戴盖头的妇女走过,她们的装束和马来、印尼的穆斯林妇女很相似。街上并没有太多穆斯林风格的店铺,我们刚下车时看到的有阿拉伯文招牌的院落是一座穆斯林公墓。

前行不远,出现了一座清真寺,看样子是落成不久。正好赶上中午礼"撒什"的时间,我们就走了进去,看到了几个大妈正在里面聊天,我上去和她们道了"色兰",询问附近哪里有清真餐馆。出乎我意料之外的是,她们竟然说这条街上并无清真饭馆。这里的穆斯林也许并不像中国的穆斯林那样精于饮食业,我们原以为这里如同北京牛街一样遍布着回民饭馆,可以让我们大快朵颐。

礼完了拜,发现身旁的两个电风扇被好心的大妈打开了,大殿里面很光洁,也很凉爽。不过墙壁上挂有几幅老虎、白马之类的动物绘画,上面还有经文,可能来自流传于泰国穆斯林民间的一些故事。清真寺门口的一块牌匾上记录着有关这座清真寺的一些情况。原来清真寺的名字在泰语里面是"下寺"的意思,对应着不远处的一座"上寺"。这让我想到了北京朝阳门三丰里回民小区里面的"南下坡清真寺",下寺原来是一座清真女寺,后来大寺被拆除了,只留下了这座规模较小的女寺,供所有的穆斯林使用。联想到刚才在这座清真寺里遇到的都是大妈们,我不禁吐了吐舌头,也许这里是一座专门供女性穆斯林礼拜的清真寺?只是大妈们很宽容友善,没有阻止我而已?

这时候我们已经是又累又饿,发现在一个杂货铺里有一个戴盖头的大妈在卖茶叶蛋之类的熟食。不过杂货铺里面的墙壁上供着菩萨,经营杂货铺的好像是这位大妈的儿子儿媳,或者女儿女婿。看到这景象我们心里有些纳闷。不过大妈的女儿(或者儿媳妇)很热情地领着我们到前面不远的地方找到了一个清真小餐车，餐车上有星月标记和《古兰经》文。

大妈的女儿面带笑容地对我们挥挥手，转身回去了，而我心里却有些隐隐的伤感。在泰国，佛教已经深深地植入了社会的每一个细胞，成为人们精神生活中不可或缺的食粮。这里的穆斯林同胞面对的将是一场怎样艰难的信仰争夺战呢？原本就微弱的星光在弥漫的烟雾中更显得黯淡。

两位大姐正在忙碌地打理食摊，我们点了类似于拉面的米粉，但是比兰州拉面要薄，而且也没有辛辣的面汤，浸透着泰餐那种特有的酸甜口味。可惜和这两位大姐无法进行交流，不过看得出来她们心地很善良。有一个衣衫褴褛的乞丐跪在食摊前面，双手合十地乞讨，大姐迅速包了一份饭菜让他拎走了。以佛祖的名义乞讨，奉安拉的尊名施舍，温馨的场景展现了菩提国里大家彼此包容相助的一个瞬间。

当时还有一位正在打饭的大哥给我们充当翻译，得知我们是穆斯林后，他很热情地和我握手，道了色兰。原来，他是本地的一位穆斯林。他很奇怪我们为什么会找到这个地方。看来因为这里远离曼谷的旅游景点，很少有外国游客光顾，我们混在当地人里面在食摊上吃饭，确实已经招来了众多疑问的目光。

吃完饭之后，我们正在街上溜达的时候，忽然看见刚才吃饭时坐在我们旁边的一位阿姨在马路对面向我们招手，她在清真寺的斜对面开了一间铺子，请我们进去坐坐。恭敬不如从命，我们欣然前往。这位阿姨是做厨具生意的，店铺的一侧摆了一排照片，阿姨看我们很感兴趣，就把照片拿过来一一向我们介绍。其中有她大学的毕业照，参加博览会时和政要的合影，还有一张是她半跪着去吻一个人的手，我猜那个人就是泰国的国王，但是阿姨没有介绍这一张，我们也就没有好意思问。

看着照片上风华正茂的大学毕业生和八面玲珑的职业女性，我很难把她们和眼前这位标准穆斯林装束的阿姨对应起来。这位阿姨看起来很忙，一连接了两个电话，我们也不想过多打扰，于是一起拍照留念之后就准备告辞。临别，阿姨转身去屋里拿出了两本泰文版《古兰经》送给我们留念，并且硬要我们带一些她自制的小点心回去品尝。阿姨还很自豪地说：她的女儿刚刚拿到了博士学位。我想她的子女也会像她一样，成为这个社会中的强者，让"穆斯林"在这个社会里成为一个令人尊重的名字。

　　分别的时候，泰国阿姨还送给了我们一个信封，封皮上用泰文写下了她家的地址，她请我们将来给她写信。然而，在随后的辗转搬迁中，我们跨越了几个大洲，丢失了那个泰文信封。不过我们会牢牢记住从空中俯瞰到的曼谷那美妙的灯火，还有里面那些微弱然而坚强闪烁的星光。

流浪的波斯

　　子夜已过，顽固的白昼终于褪去，暮色渐浓。大家漫无目地地走着，一直沉默的小马抬头望了望星空，扭过头来对我说："兄弟，你知道吗？我们生活在大地和月亮之间，没有家。"我不知道该如何作答，只是搂着他的肩头，默默地沿着市中心的马尔海姆大街一路走过。

　　波罗的海沿岸的春色姗姗来迟，四五月份，随着积雪的消融，住地附近显现出一块足球场。在这里我和一群快乐的波斯人邂逅，他们聚在这里踢球，相互握手，亲吻着彼此的脸颊。那一天我偏偏在木质看台上换球鞋，夹在波斯人中间，他们误以为我是新来的同胞，也和我握手问好。结果弄假成真，在球场上过了几招之后，他们邀请我加入，一起征战大赫尔辛基地区业余足球联赛。经过一个冬天的滑雪冬训，我的身体条件不错，于是我欣然接受。

　　第一场比赛，我们同车前往赛场，大家群情激昂，车里响起了雄壮的波斯战歌。此刻我没有觉得自己是一个"外援"，单飞的孤鹰终于找到组织了。赛前大家把手叠在一起，队长小马用低沉而有冲击力的语调带领大家祈祷。最后他喊："Yek, Do, Se,"（一、二、三）然后大家一起振臂怒吼："Pars！"（波斯）随后散开，布下攻击队形与北欧人展开对决。我司职中场，担任左路的飞翼。我身后是左后卫小白，他是个出租车司机，身体粗壮，跑起来像坦克一样，给我分担了很多后顾之忧。首场比赛我们旗开得胜，以9：0狂屠对手。

由于我们在第一场抢眼的表现，在联赛中带来了不小的震动。第二场比赛的对手非常重视，叫了不少高级别联赛的帮手，以避免在外来者面前丧失颜面。这是一场胶着的比赛，上半场的时候对方一个球员从我这一侧突破，我被迫用战术犯规放倒了他，得到黄牌警告，并引发了球场骚乱。对方一个球员喋喋不休、出言不逊，我们这边脾气火爆的前锋小穆冲上去和他对峙。这时小马走过来，我开始以为他是来劝架的，没想到他揪住比他高一头的北欧大汉的领子，顺势把他推了个趔趄，从气势上压制了对手。

比赛打成1：1的时候，中场核心老沙在一次争顶中头部挂彩了，用纱布包裹之后又重返赛场，竟然还用渗着血的头去争抢头球，在国内我从来没有看到一场业余联赛踢得这么玩儿命。最后，我们攻入的制胜一球被莫名其妙地吹罚无效，全队围住裁判理论。我因为不会讲芬兰语，只得问小马为什么这个球不算进，小马指着自己的脑袋愤怒地说："怎么说呢？谁让我们是黑头发呢！"

所谓兄弟情义，无非是一起经历过胜利、一起经历过挫败、一起打过群架、一起流过血。经过了这场浴血奋战，我真正融入了波斯战团。说来有趣，在亚洲，伊朗队是中国的劲敌，曾经给中国队带来切肤之痛。曾经有一次，我的波斯队友指责中国球员邵佳一在亚洲杯上假摔，导致一名伊朗队员被"黑"罚下。为了捍卫中国队和国安队的荣誉，我们还发生了争执，而如今，我们共同为"黑头发"的荣誉而战！

小马和小穆自幼随家人从伊朗来到北欧，算是第二代移民了。而老沙等人的年龄大些,是在读完大学之后出国定居的,如今已经和芬兰本地人结婚生子。认识他们之后的很长一段时间里,我从未和他们提及过伊斯兰教信仰,他们也并不因为我是穆斯林才招呼我入队。我第一次看见老沙喝酒时有些惊诧:"这是罪啊,兄弟!"可是老沙满不在乎地说:"我是共产主义者,宗教是鸦片。"这真是有趣的一幕:来自于共产主义中国的穆斯林,和来自伊斯兰共和国的共产党人在异国相遇,并结为队友一起征战!

仲夏来临,赫尔辛基地区进入"极昼"状态,天要到晚上10点之后才黑下来。下班之后人们有了更多的户外运动时间,给我们的联赛带来了很大的便利。在一个傍晚,我们迎来了联赛的巅峰对决,迎战积分第一的队伍,如果战胜对手,我们就可以取代他们登上榜首。在更衣室里大家都很兴奋,老沙一见到我就喊着我的名字大叫,说给我打了一万个电话,以为我不来了。我怎么能不来呢?我一直有个直觉,认为自己是这场比赛的"关键先生"。

果然,上半场激战正酣的时候,经过一连串连贯的传球,我在禁区外抬脚射门,皮球划过一道弧线挂入了球门左上死角。进球后我向角旗方向跑去,小穆第一个冲上来要和我拥抱,我闪过他,和蜂拥而至的队友玩儿起了躲猫猫,大家狂热地呼喊着"阿——里"并满场追逐我。"阿里"是先知穆罕默德的继承人,在波斯语里逐渐成为了"赞美"的代名词。最后大家撕扯着我的衣服,一起扑倒在地迭起了罗汉。凭着这个进球,我们决战决胜,取得了半程冠军。

晚上,我们来到市中心广场一家著名的酒吧庆祝,酒吧热闹非凡,光是入场就排了半个小时的队。我不喝酒,只喝橙汁和苏打水。而球队的弟兄们喝得有些微醺,我们不时地谈起今天的比赛和那个进球。但席间发生了一件扫兴的事情,老沙在走廊里和一个人撞了一下,那人回头骂了一句"该死的老外!"这激怒了老沙,挥手给了那家伙一巴掌。酒吧看场子的保镖过来,把老沙逐出了酒吧,我们全队再次显示了凝聚力,集体退场表示抗议。而老沙觉得不公平,硬要往里冲。看到我们人多,保镖在门口部署了两层防线,为首的几个身高接近两米。现在可不是逞英雄的时候,我很清醒。于是我死死抱住老沙,大声劝阻:"难道这条街上就这一个酒吧吗?"嘴上虽然这么说,我其实理解老沙并不是想冲进去继续喝酒,而是觉得酒吧保镖的决定带有种族歧视色彩,他们只是逐出了老沙,而容忍那个骂人的人留在里面。

  子夜已过,顽固的白昼终于褪去,暮色渐浓。大家漫无目的地走着,一直沉默的小马抬头望了望星空,扭过头来对我说:"兄弟,你知道吗?我们生活在大地和月亮之间,没有家。"我不知道该如何作答,只是搂着他的肩头,默默地沿着市中心的马尔海姆大街一路走过。

  这世界上许多的美都源于一种距离。波斯伙伴们远离的故乡,曾是我心中一轮明亮的新月,就如同老沙一直羡慕毛时代的中国。凭着既定的命运,我们在远离故土的球场相遇,邂逅了真实的彼此。我多么期待老沙有机会来中国的时候,我亲自带他去各处转转,尤其是毛主席纪念堂。而我去伊朗的时候,漂泊的老沙等人恐怕没有机会给我当向导了。

  九月底秋色渐浓,我和队友们相约去森林里的湖畔度假屋过周末。城市渐渐被抛在身后,我惬意地驾车穿行在湖光和层林之间。这时,公路两边出现了小心驯鹿的标志。在芬兰驾车,躲避驯鹿是必备的技能。坐在副驾上的波斯兄弟问我:"你吃过驯鹿肉吗?味道不错!"这兄弟是我在队里最好的一个朋友,我正好趁着这个机会求证一个疑惑已久的问题。于是我很小心地问他:"兄弟,我问个问题你别介意,你吃猪肉吗?"波斯兄弟沉默了一会儿说道:"我吃,但是我不喜欢。"紧接着他又解释,"我们单位的午餐通常都是带猪肉的,不像你们大公司的餐厅有很多选择。"接着车里又是一阵沉默,我无心欣赏湖光山色,因为以 80 公里的时速与圣诞老人的座驾迎头相遇并不是件很浪漫的事情,芬兰每年都有撞上驯鹿而导致车毁人亡的惨剧。我警惕地盯着路的两边,嘴里回答:"我不吃猪肉,就是杀了我也不会吃。"说着我做了一个用手枪指着脑袋的动作,"但是我理解你,我们的成长背景不同。不吃猪肉是我们这个民族的底线,历史上我们为此付出了许多代价。"目的地鲤鱼湖镶嵌在一片茂盛的松林中,松林里散落的几间小木屋是宿营之处。我们先在湖边蒸桑拿,然后跳进湖里让冷水浸润,来回数次,体验冰火交替的感觉,畅快淋漓。晚饭之后是球队的民主生活会,大家围坐在火盆旁边,进行批评和自我批评。时而慷慨陈词,时而针锋相对,时而哄堂大笑,时而击掌欢呼,原本寂静的北欧松林中充满了波斯式的喧闹。

我观望四周,浩瀚的群星,烈烈的篝火,闪亮的湖水,婆娑的松枝,这一切若幻若真。传说唐代爆发安史之乱时,唐皇向大食帝国搬来波斯援兵三千人,进入中原浴血奋战。因念其平叛有功,特许其驻留京城,成为了回族的先民。此事不管是否经得起考证,不少回族人都接受了这个说法,故而时常举首西望,憧憬着新月初升之地有一方故土。然而斗转星移,造物弄人,时光把我们塑造成了迥然而异的民族,我们又在万里之外的异域相逢,一同流汗流血,共享快乐,分担忧愁。朋友聚散无常,岁月如白驹过隙,命运像一把带有神韵的刻刀,生生不息地雕琢着我们。

小马和虎塞好奇地向我打探他们的名字在中文里如何书写。于是我就"画"给他们看,并且给他们讲述:马赫迪,到了中国之后就着发音变成了"马"姓,还有一个原因是因为这些波斯战士当时都是骑马而来的。虎塞的"虎"呢,就是老虎的意思。虎塞听了很兴奋:"哦,原来我是老虎,我要吃马!"说着做出饿虎扑食的动作扑向小马。小马推开他，拿过笔很郑重地在他们的"中文名字"的旁边端端正正地用波斯文写下了我的名字。小马毫不掩饰他的波斯民族主义情结，他称自己首先是一个波斯人，其次才是一个穆斯林。他的民族在伊斯兰之前就有着辉煌的历史。每当阿拉伯人宣称要把波斯湾改成阿拉伯湾的时候，他就会感到热血沸腾，摆出一副战斗姿态，就好像他在球场上表现的那样。我也告诉他，我的民族没有伊斯兰之前的历史，如果要寻找我们的根，这个根就是伊斯兰。而小马和虎塞他们固执地给我也扣上波斯人的"帽子"。我的名字在阿拉伯文里和波斯文里的拼写略有不同，无论我怎么纠正，他们一直坚持沿用波斯文的拼写方法和读音。

这时，守门员兼领队老巴起了个调子，唱起了一首略带深沉的波斯歌曲，众人随着节奏应和起来，像是在行进中吟唱的号子。点点繁星坠落在鲤鱼湖里，随着水面的涟漪沉浮，映衬着歌手漂泊的人生。

我在赛季最后一场比赛的尾声因为拼抢过猛拉伤了大腿，被迫下场。在最后一场战役中被最后一颗子弹击中，也算是完美了一个战士的宿命。球队凭借本赛季的名次，于次年晋级升入高级别联赛。而天下没有不散的宴席，我离开球队移居澳大利亚，再也没有遇到这样亲密的队友。小马去了西班牙，那里的阳光很暖、海滩很软，像他的故乡布什尔港；虎塞在斯德哥尔摩完成了硕士答辩，前往美国寻找人生的下一个驿站；老沙无论是否喜欢北欧，只能留下来守望一半芬兰血统的孩子们长大。其他的兄弟或继续经营比萨店，或继续开出租车，生活照旧。

数年以后，我的膝盖损伤，彻底离开了足球运动，却时常回到记忆中的球场。在那里，斯堪的纳维亚半岛的极昼迟迟不肯谢幕，我和伙伴们呼喊着："阿——里，阿——里"，追逐无尽的喜悦和逝去的青春。

布拉格的犹太人博物馆

数年之后在BBC的一个节目里，我又看见了这个犹太青年，他全副武装，正在耶路撒冷的一座清真寺门口执勤，阻挡前来礼拜的穆斯林。当我在屏幕上见到他的瞬间，我并没有心怀厌恶，只有深深的自省。

候机室的广播里传来了起飞晚点的消息，我拿出目的地布拉格的旅游手册，漫不经心地翻看着，看看那里有什么值得游览的地方。

捷克有两件东西吸引我，一个是捷克民族音乐家斯美塔那的交响乐《我的祖国》，一个是动画片《鼹鼠的故事》。看动画片的年代还叫捷克和斯洛伐克，后来得知这是两个国家，在之后分家了。《我的祖国》中有一个乐章叫"沃尔塔瓦河"，是在高中音乐课里教授和讲解的，年少的时候涉世未深，只是觉得旋律优美，生生地记下了。

捷克共和国首都布拉格是一个历史悠久的城市，手册中有大量篇幅介绍这个城市里的各种古迹和博物馆。规模宏大的国家历史博物馆，小巧的工艺品博物馆，具有现代气息的科学技术发展博物馆，手册中都有详尽的介绍。

有一页介绍吸引了我,那是一个"犹太博物馆"。捷克的犹太人曾经在第二次世界大战时期遭受到纳粹的大屠杀。我猜也许这个博物馆中应该有些关于这方面的历史记载。另外,由于以色列盘踞在中东,使得阿拉伯人屡战屡败,成为穆斯林世界的心头之痛,应该有它强大的理由。这个博物馆是否藏匿了犹太民族的今生和后世?应该去看看。

到达的当晚,乘车穿过市区的时候跨过一座公路桥,下面隐约是一条沉静的大河。我问司机这是不是沃尔塔瓦河?司机操着生硬的英语兴奋地回答:"对,对,沃尔塔瓦!沃尔塔瓦!"仿佛我认识沃尔塔瓦,就一下拉近了和他的距离。

沃尔塔瓦河是流经捷克的一条大河,被捷克民族称为"母亲河",相当于中国的黄河。《沃尔塔瓦河》是一段抒情诗般的交响乐曲,它描绘了沃尔塔瓦河从涓涓的小溪中诞生,经过田园和城堡,经过黎明的灵动、正午的奔腾和夜幕下的奇幻,最后一路流向天际。

第二天是个好天气,"犹太博物馆"就在我住处不远的地方,步行就可以走到。原来这里曾经是一个规模颇为庞大的犹太人社区,叫"Jewish Town"。大概类似于北京牛街,或者海外的"唐人街"之类的少数民族聚居区。

我走在市中心的街道和小巷里,道路多是方砖和鹅卵石铺成的。我不禁想起一个叫作"布拉格之春"的历史事件。几十年前同样是如今天般的一个晴朗的春日,苏联的坦克是否就是碾压着这些方砖和鹅卵石行驶在布拉格的街头?我甚至突发奇想,也许在这些路面上,还可以寻找到坦克履带留下的车辙。我循着马路寻找,然而车辙早已荡然无存。大街上徘徊着头戴贝雷帽,身着迷彩服,手持冲锋枪的巡逻兵,为捷克——"新欧洲"的未来保驾护航。

抛开历史的迷雾和政治的纠结,和煦的春风和宏伟的建筑让我又重新拥有了游客的心态，专心地领略这座城市的韵味，更不要说路边还真的有三三两两的乐队，表演着小提琴和大提琴的协奏曲。

按照地图上标明的位置，我在大街和蜿蜒的小巷里穿行。高大宏伟的教堂比比皆是，很难想象其他的意识形态在这里还会有生存的空间。然而，"犹太街"确实就在这里。在到达"犹太博物馆"之前，已经可以发现一些犹太的痕迹——远处是"大卫王饭店"，而路旁也出现一些写有希伯莱文的小店铺。于是我走进其中一个铺子，向他们打听"犹太博物馆"的所在。

我进的铺子是卖犹太风格旅游纪念品的，一看老板娘的模样就是个比较标准的犹太妇女，红头发，尖鼻子，黑眼睛。但她并不知道"犹太博物馆"在哪里，她只是带着我走到门外，指着前面不远的一个院子，说那里有一个"synagogue"（犹太教堂），可以去问问那里面的人。说罢，她眯起眼睛端详了我一会儿，问我是不是犹太人，为什么要找"犹太博物馆"？我说不是，只是感兴趣而已。然后我接着问："你一定是犹太人吧。"她颇为自豪地说："是的，我是从以色列来的。那边'synagogue'里的人也都是以色列人。"

原来那个"synagogue"就是"犹太博物馆"。也许以色列人觉得这个建筑物还是一个具有礼拜功能和现实意义的教堂，而不是一个沉淀下来的历史古迹。

"犹太博物馆"里面并不大，分上下两层，上面一层并不开放。里面没有任何关于第二次世界大战大屠杀的展示，大多是17世纪以前的收藏品。大厅的一角有一个玻璃做的捐款箱，里面有捷克朗、美元、人民币等各国货币，不知道是谁还打了一个白条，上面写着"Palestine Free"（解放巴勒斯坦）。

这个博物馆以前是一个历史悠久的犹太教堂，中间曾经几次遭到焚毁，现在已经不用作教堂使用了。实际上这个犹太街区上的犹太人在第二次世界大战期间已经被赶尽杀绝。从给我指路的以色列妇女所提到的情况来看，现在这些商贩和社区的工作人员大多是以色列籍。他们一方面利用这里留下的传统旅游项目赚钱，一方面也把这里作为了一个传播犹太历史和文化的"阵地"。

我注意到，除了博物馆的工作人员和导游之外，还有一些讲解员专门给零散的参观者做无偿的讲解。看样子他们应该属于当地的犹太

社团，他们导游的对象多是一些来自西方的有犹太血统的游客，有些男子参观时还特意戴上犹太人传统的小黑顶帽。看来犹太人虽然丢失了这个街区，但是他们仍然在利用它为输出犹太人的传统而服务。

我看到一个义务解说员正在给四位游客讲解，他们是一对年老的夫妇和一对年轻的夫妇。年轻的男子头戴着一顶犹太帽，看上去是刚在门口的旅游纪念品商店购买的。年老的夫妇听口音是从美国来的，也许是犹太人。当讲解员说得不是很明白的时候，戴帽子的犹太青年会详细地进行补充。犹太年轻人在给老年人讲述自己民族的传统，而不是相反，说明这是一个正在复苏的民族，代表着一种正在崛起的生命力。这个犹太青年带着浓重的中东口音，我猜他是来自以色列的游客。说来也巧，数年之后在BBC的一个节目里我又看见了这个犹太青年，他全副武装，正在耶路撒冷的一座清真寺门口执勤，阻挡前来礼拜的穆斯林。当我在屏幕上见到他的瞬间，我并没有心怀厌恶，只有深深的自省。

犹太人的经典叫《讨拉特》（亦称《摩西五经》），其地位相当于穆斯林的《古兰经》或者基督教的《圣经》。《讨拉特》在犹太教堂正前方的一个凹壁里，平时看不见，因为它被存放在凹壁中的柜子里，外面用编制精美的"讨拉帐"遮挡起来。即便是要阅读《讨拉特》，也不能直接用手去翻看，而是要用"讨拉棒"——类似于教鞭的东西去翻页。

有人认为穆斯林太过于教条，对阅读《古兰经》的条件做出了种种的限制，这阻碍了伊斯兰的发展。其实，在一些人眼中代表着务实、民主、勇于探索和变革的犹太人，对于自己的经典同样是尊重之至，甚至不能直接用手去碰。我看到那个犹太青年正在向同行的老人耐心地讲解如何用"讨拉棒"去翻看《讨拉特》。

其实，对经典的尊重，并非仅仅是一些烦琐的程序，它代表了对自己的信仰和民族的尊重。一个民族只有自尊了，才可以赢得别人的敬重。一个借由抛弃自己传统来证明自己进步的人，最终得到的还是别人的蔑视。就如同一个从没有当众脱过裤子的人有一天突然在大家面前脱了裤子，自然有人会给他（她）鼓掌。其实这掌声同给予马戏表演的掌声是一致的。

展物中有很多精美的工艺品，包括大量银器和铁器。介绍中指出，当时犹太工匠在这些金属工艺品制作领域处于领先地位。这些犹太工匠彼此之间结成了所谓的"行会"，企图"同仇敌忾"，形成行业垄断。不过政府随后发现了犹太工匠的这种垄断局面，于是颁布法令，取缔了形形色色的行会。这也许就是早期的"反垄断法"吧。

我发现在展出的银器中，有很多巨大的王冠。显然，没有人有这样大的脑袋去受用它们。据讲解员介绍：这些巨大的王冠通常会在犹太人举行庆典的时候被拿出来摆放。因为，犹太人没有任何政治地位，没有自己的国家和君主。因此，他们通过这些王冠来寄托一种对领导者和政权的渴望。

橱窗里的一顶黄帽子引起了我的注意，它很类似于蒙古人的毡帽。当时布拉格的统治者规定，犹太人如果上街，必须戴上这样的黄帽子，以便别人确认他们的犹太身份。显然，这种黄帽子并非犹太民族传统的一部分，而是一种带有侮辱和歧视性的标志。

我以前一直在思考一个问题，那就是：犹太教是否仅仅是犹太人的宗教。理论上讲，当初犹太人居住在阿拉伯半岛时，犹太教不应该仅仅属于某一个民族。比如当时也门、非洲等有很多国王也信奉犹太教，伊斯兰教先知穆罕默德身边的许多亲友也是信奉犹太教的。可见，犹太教也是不分种族，向外扩张的。这一点和伊斯兰的主张相同。

然而，现如今的情形是，犹太教已经完全成为犹太民族的私有财产和信仰。对犹太人崇拜得五体投地的没有信仰的人很多，可是，没有听说哪位被犹太人接纳成为了犹太教徒，或者加入了以色列国籍。而且，即便是和犹太人有血缘关系的人，如果要入以色列国籍，也要经过身份甄别，也就是查祖宗的血统。

犹太教徒从具有共同信仰的团体，变成一个靠血缘划分的民族，和外来压迫是分不开的。犹太人被驱逐之后，流落到欧洲各地，没有任何政治地位，遭到歧视，人身自由都受到限制，更不要说在基督教世界传播其意识形态了。

犹太人作为一个民族，经过时间的考验而保留了下来，为其继续保持犹太信仰奠定了基础。比如说，书写犹太教经典《讨拉特》的希伯莱文，在以色列建国之前是一种濒临消亡的文字，只有在教士中流行。而以色列建国之后，立即宣布希伯莱文为官方文字，广泛地在社会领域推广和流通。

犹太讲解员在一个展台前停了下来，介绍说，这里展出的是布拉格地区流行的一个故事。说从前有一个犹太教的小孩从家里跑了出去，想改宗基督教，后来被他父亲和叔叔抓了回来，最后被他的亲友毒打致死。讲解员讲到这里轻蔑地说，这些都是未经证实的野史，现在被用来攻击犹太人。

我却对这个故事很感兴趣，等他们几个人离开后，我仔细地看了看展品和说明。陈列品的说明确实指出，这个小孩儿数次离家出走，被基督教教堂收容，可是其亲属数次将他捉了回来，有时全家一起对他进行毒打，最后致死。后来该男孩的遗体以基督教的仪式在教堂中举行了安魂弥撒。展出的基督教文献中，有些关于此事的图片纪录，这个犹太小孩的头上被画了光环，因为他被基督教廷封为了圣徒。

不管是真是假，从一个侧面可以看出，当时犹太教和基督教这两种意识形态之间的冲突是十分尖锐的。虽然犹太人在政治上没有任何地位，但他们对自己民族的信仰还是控制得很严格，以至于发生类似的极端暴力行为。

展品里面还有一些税收纪录，展示在这个社区里面经商的犹太人要缴纳两份所得税，一份按照布拉格当地的法律缴纳给地方执政者，另外一份则根据犹太法律缴纳给社区的犹太人管理团体。犹太人即便是缴纳双份的所得税，也不会轻易脱离其社团，一方面证明外部环境对犹太人的制约，一方面也证明犹太人内部的凝聚力确实很强。从独特的税收政策可以看出，犹太社团几乎具备了除执法工具之外的一切手段，来经营和管理这个社团。在中世纪的欧洲，王权与教会紧密地交织在一起，传播一种不同的信仰无异于颠覆一个国家的政权。因此，犹太人的封闭有其自我保护的因素，也有外界控制其扩张的因素。

相对于封闭、狭小、受人歧视的犹太社区，外面的世界是广阔和具有诱惑力的。因此，不难理解，为什么有些犹太青年当时会有抛弃其信仰和传统，融入主流社会的想法。既然是在布拉格的犹太博物馆，讲解员不得不提到了一位捷克犹太人——20世纪初期的著名作家卡夫卡。卡夫卡的作品在我国的中学语文课本中有所收录。遗憾的是我们对他作品的解释大多还是套用阶级斗争的观点。由于这次的参观经历，我之后查阅了一些有关卡夫卡的资料，对他的心路历程很感兴趣。

卡夫卡的作品中蕴含着深厚的犹太神学韵味，他在生活和创作中，试图诠释"人"与"神"的关系。卡夫卡生前的好友在卡夫卡传记中写道："'犹太人'这个词在《城堡》中没有出现。但显而易见，卡夫卡从他的犹太心灵出发，通过这么一篇朴素的小说就今日犹太民族的整体处境所说的话，超过了一百篇学术论文可以告诉我的内容。"可见卡夫卡对犹太人的命运了解之深。

根据卡夫卡的一些回忆录记载，童年时代在基督教学校里受教育的犹太儿童，对于祖辈所坚守的犹太教信条确实抱有嘲笑的态度。卡夫卡给他父亲写道："你所传下去的是一点一滴聚起来的。其中一部分是不可传代的青年时期印象，一部分是你那令人畏惧的本质。而且也不可能让一个满怀畏惧而尖锐地观察着的孩子理解，你以犹太教的名义，以无所谓的态度推行的那些无谓之举会有什么崇高的意义？如果说它们对你有什么意义，那也只是作为昔日的纪念品，你为此而要将它们传给我，由于它们即使对你来说也已不存在独立的价值，你只能通过说服或威胁来向我灌输。"初读这段文字的时候，它对我有所触动，因为我想到的是父亲和我的关系。多年之后再读，最初的触动变成了震撼，因为我也成为了一个父亲，对于信仰的言传身教，是一个巨大的课题和挑战。

卡夫卡时代的犹太人，正处于一个过渡时期。父辈经历了从信仰纯正的乡村到城市的变迁。犹太教的信条和传统在这些人的心中只不过是一些青年时代的生活方式而已。而当他们把这些属于自己的记忆，以及形式化的宗教理念强加于自己子女的时候，必然会受到子女的反感。

卡夫卡的很多亲属都改信了基督教，然而卡夫卡却对自己祖先具有的信仰进行了不懈的融会贯通。他最终没有放弃自己的信仰，而是越过了父辈僵化的宗教观，深入到了神学研究的内部。也正是因为有了卡夫卡这样的犹太人，他们没有被一些显而易见的民族信仰误区所影响，于是犹太人依旧保持了自己信仰的生命力。

在布拉格的两天，走马观花的浏览了捷克的浪漫街景，并且深度体会了一个族裔的心路，最重要的是圆了我少年时的梦想——看到了沃尔塔瓦河，并在数年之后拥有了一辆鼹鼠开的汽车。我时常在早高峰时开着捷克的斯柯达轿车汇入北京的环路，车载音响播放着斯美塔那的《沃尔塔瓦河》。遇到激荡的乐章时,我会轰大油门并启动发动机的涡轮增压功能,在滚滚车流中穿梭。随着年龄的增长,我听的不再仅仅是旋律,更多的是生命的历程。其实,每个民族的心中都有一曲《沃尔塔瓦河》。

巴黎的牺牲节

1926年,巴黎清真大寺举行了落成典礼,建筑里面有一块砖属于来自中国的穆斯林牺牲者,近一个世纪以来,这块砖一遍一遍地聆听前来礼拜的人们呼唤着"安拉乎艾克拜,安拉乎艾克拜!"

到达巴黎已经是下午,我们迫不及待地去埃菲尔铁塔赶落日。按照旅行攻略的建议,我们没有浪费时间排队坐电梯,而是选择徒步登塔。走到一半的时候哈芙赛累了,我便背起她继续登楼梯。我们终于在日落之前赶到了平台上,挽着手看夕阳缓缓降下,巴黎老城区的街市融化在暮霭中。

晚间离开埃菲尔铁塔的时候遇到了麻烦,电梯严重超载。管理员拒绝让电梯下行,而后面进来的乘客也拒绝下电梯。这部一百多岁的电梯上下一趟要很长时间,谁也不愿意在寒风中再等上一轮,于是双方僵持在那里,不时地用法语吵上几句。传说中西方人的素质和巴黎的浪漫此时荡然无存。虽然是在最前面进电梯的,但是我们做出牺牲,率先走出电梯。在电梯口我大声宣布:"我们是先上电梯的,有很多人是在我们后面进来的!"受到我们的感召,又有若干人走出来,电梯得以运行。而我们则决定步行走楼梯下铁塔。

所幸我们错过了电梯,才没有错过夜晚的风景。我们牵着手,聊着天,一路上走走停停。从铁塔上俯瞰城市的灯火阑珊。风也没有那么凛冽了,反而带着一丝甜甜的湿气。结婚两年多,我们一直在颠沛中离别和重逢。因为工作的关系,她在澳洲的墨尔本,我在北欧的赫尔辛基,恰恰一个天南,一个地北。所以我们不抱怨寒风中的巴黎缺少浪漫,跨越整个地球的相遇,本身就是一部冬天的童话。

这次来巴黎的重头戏,是参加古尔邦节的会礼。"古尔邦"的意思是"牺牲"。所以古尔邦节也叫作"牺牲节",是伊斯兰教最重要的节日之一。当年安拉命令先知易卜拉欣以爱子伊斯玛仪做牺牲,以检验他的忠诚。而当易卜拉欣真的下刀时,安拉用一只黑头羝羊代替了伊斯玛仪。古尔邦节对于回族人来说是一个重要的社交场合,家家相约宰牛宰羊、炸油香、馓子、花花。结婚之后我们还不曾一起过节,这次的巴黎之行正好圆了我们这个念想。

古尔邦节会礼的当天,我们搭乘地铁前往巴黎清真大寺。巴黎地铁是我所见过最为复杂同时也是最有秩序的地铁系统,初来乍到的人很容易找到换乘的路线。巴黎的地铁车厢设计也很人性化,靠近车门的座位是活动的,乘客较少的时候可以放下来坐人,人多的时候,坐着的乘客会自觉地站起来,把座位收起以腾出更多的空间。列车接近清真寺所在的车站时,车厢里已经可以看到不少穆斯林的面孔,于是我们随着这些参加会礼的人流下车,簇拥在人群中向清真寺走去。

巴黎清真大寺 (Grande Mosqué ede Paris) 是一座安达卢西亚风格的建筑,有着标志性的"摩尔"风格唤礼塔。它始建于第一次世界大战之后,向在战争中为法国浴血牺牲的穆斯林外籍军人表示致敬。第二次世界大战期间,这里是法国抵抗运动的秘密基地和庇护所,保护了许多受法西斯迫害的爱国人士。在法西斯到处逮捕和屠杀犹太人的时期，这座清真寺为许多犹太人做证他们是穆斯林，保护了他们的生命，并且向许多新生的犹太人婴儿发放了穆斯林出生证。

然而时值这个冬天，整个欧洲视伊斯兰为笼罩在头顶的一朵阴云。在进入清真寺的时候，我们经历了前所未有的开包检查。西班牙马德里"3·11"爆炸案和俄罗斯别斯兰惨案之后，大家都在揣测下一个遇袭的欧洲国家是谁，显然法国排在这个名单的前列。

会礼之后，哈芙赛从穿梭如织的礼拜者中间向我走来，我们相互道"色兰"，就好像每次重逢时那种人生如初见的感觉。多年以后，塞纳河、香榭丽舍、卢浮宫都渐渐变得模糊，唯有我们第一次共同度过的节日依旧清晰，恍如昨日。

"古尔邦"对于人们来说意味着热闹、欢庆、美食，它的本意"牺牲"已渐渐被淡忘。巴黎之行，唤起了我对"牺牲"的探究。就在我们游览巴黎图书馆的时候，阅览室的电视里播出了麦加朝觐拥挤踩踏的新闻，三百六十二名朝觐者遇难归真。朝觐是有条件的穆斯林一生中必须完成的功课。一面是对灾难的唏嘘感叹，一面是对主命的静心承受，徘徊在这两者之间的，恐怕就是穆斯林之于牺牲的心境。

从巴黎回来后不久，我在读《云南省回族人物志》的时候，注意到了一个叫作马毓宝的人，帮我圆满了这次法国之旅的主题，他用有限的生命诠释了一个穆斯林的牺牲。马毓宝生在云南，曾在北伐军中担任士官。因为自幼上法国的教会学校，因此精通法语。他本可以在云南的法国"外企"中找一份体面且收入丰厚的工作，可他偏偏选择了加入法国外籍军团的陆军部队，参加了第一次世界大战。中国作为第一次世界大战中的协约国成员，只是向欧洲战场派出了劳工和军事观察员。马毓宝以个人的名义从军，是有记载的唯一一个在欧洲主战场参战的中国人。

1918年3月，马毓宝在战争中负重伤，被法国授予荣誉十字勋章。中国政府方面念其才华和勇气，准备把他送到法国军校学习，日后回国重用。而马毓宝并没有就此收手，他认为战争未结束而退出是怯懦之举。于是伤愈后他重返战场，参加了被称为"绞肉机"的索姆河大战，在追击德军的战斗中牺牲，年仅二十四岁。此时距离第一次世界大战结束只剩下十二天。

马毓宝是一个理想主义者，二十岁出头的他看不出"第一次世界大战"本质上是一场狗咬狗的战争。他在参战请求中写道："吾当效绵力以战德。德苟败，中国亦去一敌。"他跳过了所有功名利禄的机会，赶着去牺牲了。然而在他喋血沙场后的第二年巴黎和会上，列强出卖了马毓宝的祖国。

人的牺牲就像一枚硬币，一面很复杂，另外一面却极其简单。波黑共和国首任总统伊泽特贝戈维奇在《伊斯兰宣言》中诠释"牺牲"时说道："一个穆斯林的牺牲，应该是在战斗中呼喊着安拉的尊名而死去。"马毓宝在生命中的最后一刻喊了什么——"自由、博爱、平等万岁"？"中国万岁"？索姆河战役中德军采用了高射速的马克辛式机枪，以四十五度仰角发射，密集的子弹划过抛物线，形成名副其实的"弹雨"，被弹雨覆盖的阵地上没有人能逃过一劫。马毓宝头部中弹之前也许什么也没有来得及喊出。1926年，巴黎清真大寺举行了落成典礼，建筑里面有一块砖属于来自中国的穆斯林牺牲者马毓宝。近一个世纪以来，这块砖一遍一遍地聆听前来礼拜的人们呼唤着："安拉乎艾克拜，安拉乎艾克拜（安拉至大）！"

我无法回答牺牲那复杂的一面，它意味着现实社会理性的患得患失。而牺牲简单的一面，需要用身心的感知去领悟。于是，我锁定了下一次游历法国的探访目标：位于埃纳省维克城的法国陆军公墓。在那里不难找到马毓宝的墓，一片十字架的丛林中，有一轮抢眼新月的就是他长眠的地方。墓碑上镌刻着：

马毓宝　烈士　外籍志愿军团

为法国而阵亡　1918-9-2

据法国"志愿参加法国陆军外籍退伍军人协会"登记簿载：

坟墓方块 F　墓号 59　姓名　马毓宝

所属军团 ILT　参军来源　河内

参军时间及编号　1917-15776

阵亡时间　1918-9-2

我计划在那里多停留一会儿，告诉来此地瞻仰的法国人：不，这不是一个来自越南的雇佣军。他是一个中国人，正如你看到的，他是一个穆斯林。不，不要问我为什么。忘记那些复杂的解释，对于一个理想主义者来说，牺牲是极其简单的事情。

西色雷斯人的主麻

这世界上的相逢和离别都是缘分。波浪对潮汐的顺从，飞鸟孜孜不倦的求索，短暂的遇见，翅膀与浪花的激荡，就是我们的，也是西色雷斯人的宿命和挣扎。

飞抵澳洲大陆的时候，我透过云朵看到蓝色的大洋和黄色的沙海在这里交汇。马航777飞机电视屏幕上不时地切换出飞行俯视图，从图案中部引出一个箭头，指向"MEKKAH"的方向。一位空乘把我领到商务舱的一个角落，这里就是传说中的机上礼拜室，这位马来兄弟还拿来了一块给乘客准备的礼拜毯。我又望了一眼屏幕，圣地就在我们航行路线的正后方，我生平第一次面对北方开始了我的礼拜。

澳大利亚海关对食品检查很严格，我携带的真空包装的酱牛肉和辣酱受到盘查，不过我提前申报了携带的食品，并且对海关官员大妈和操着东欧口音的检验员大姐一五一十地做了解释，大妈很客气地放行了。

哈芙赛来澳洲一个月了，因为工作繁忙还没有找到清真肉铺。我携带的酱牛肉撑不了多少时间，此行的一个重要任务就是找到附近的清真生活圈。经过搜索，我在网上发现离家两三个街区的地方就有一座清真寺，散着步溜达过去即可。

我们的住地 Prahran 是一个距离墨尔本市中心不远的居住区，遍布精致小店和咖啡馆，是全澳洲有名的"时尚场所"。这里推崇"多元文化"，提倡包容。无论是何种人出现在街头，都不会招来格外的关注。所以这里也是世界各地"异己人士"的庇护地。初来乍到的我们不了解这里的讲究，走进一家咖啡馆喝东西，发现满屋的人都在用疑问的目光打量我们。渐渐我们发现这里出入的都是同性伴侣，我们显然是另类，于是我们落荒而逃，从此知道了插"彩虹旗"的咖啡馆和健身房是他们的专用场所。

一个傍晚，我们按照地图的方向去找清真寺。穿过轻轨站，步入静谧的住宅区，这里多是一两层的小院子，房子各有特色，多数都是鲜花绿植点缀。在标注的地点并没有清真寺，倒是看到一个"Milk Bar"（食品杂货铺）门上贴着出售清真食品的标志。推门进去，店主说他这里并不出售清真肉，但是他从清真肉铺预订生肉片，用来做三明治出售。

这店主很健谈，向我们诉说他有"土耳其背景"，我开始并不理解他所谓"土耳其背景"（Turkish）是什么意思。如果他是土耳其移民，完全可以说自己是 Turkish。澳大利亚是个移民国家，大家都不避讳自己的英格兰、希腊、巴尔干、东南亚或者土耳其族裔身份。

从口音上分辨，我面前的这位"土耳其背景"人士显然已经是第二代移民了，他很耐心地给我们讲述了清真寺拆迁的经过，并且指给我们不远处另外一个清真寺的地点。我们循着找过去，发现其占地面积很大，在一个多功能社区活动中心内。奶吧老板说他父亲是"哈吉"，每天来这里五时礼拜，和老乡聊天下棋。

活动中心上写着"West Thrace Centre",从这个名字上追溯,我逐渐揭开了这个穆斯林社区的面纱。Thrace,中文译成"色雷斯",是巴尔干半岛的一个地名,与亚洲大陆隔着博斯普鲁斯海峡相望。著名的奴隶起义领袖斯巴达克斯就是古代色雷斯人。如今的色雷斯一分为二,东边属于土耳其,而西边属于希腊。有着"土耳其背景"的奶吧老板,按照移民之前的国籍来说实际上是希腊人,是希腊的西色雷斯穆斯林。他隐去了自己的希腊身份,但是严格来说又不是"土耳其人",因此就有了"土耳其背景"一说。

早期的奥斯曼土耳其帝国曾经统治希腊数百年,近代希腊从奥斯曼帝国中分离出来,色雷斯地区被撕成了两半。在奥斯曼帝国分裂之前,境内既有说土耳其语的东正教徒,也有说希腊语的穆斯林。帝国分家的时候,土耳其和希腊进行了人口交换,东正教徒被驱赶到希腊一隅,而穆斯林则被从爱琴海沿岸送去了小亚细亚半岛。但是希腊与土耳其还保持着文化纽带。在我们居住的附近,墨尔本最好吃的土耳其烤肉——Lam on Chapel 其实就是希腊人开的店,店主的羊肉是从土耳其清真肉铺进的,我们常在那里大快朵颐。

"西色雷斯中心"实际上是这些希腊穆斯林移民的一个社区活动场所,里面这座小清真寺成了我每个周五礼主麻的场所。几个月之后岳母来小住,还结识了一个住在这里的"土耳其背景"穆斯林大妈,这位大妈并不忌讳说自己是希腊人,还邀请我们去她家的院子里赏花。这一家祖孙三代同堂,希腊大妈和老伴是第一代移民,还保持着一些生硬的南欧口音。儿子娶了澳洲当地媳妇,我有时会在主麻礼拜时碰到他。孙子金发碧眼,已经看不出希腊人的面孔了。

西色雷斯中心的管理员得知我是中国人,便问我中国穆斯林的处境如何,我回答还好啊。而他面露难色,握着两个拳头说:"我们就不行,老打架。"色雷斯是欧亚之间的一个缓冲区,西色雷斯直接面对土耳其踏在欧洲大陆上的一只靴子，估计是希腊境内的一个敏感地区。生活在这里的穆斯林少数民族，想必也会被某些人看成是配合土耳其西进的第五纵队，承受着地缘政治的压力。希腊政府也弱化了境内的土耳其族裔称呼，仅仅是承认他们的穆斯林身份。我想这就是"土耳其背景"这一说法的纠结的内涵吧。

南方大陆"澳大利亚"，长期以来是一个多民族的避风港。希腊人、土耳其人、黎巴嫩人、缅甸人、越南人、斯拉夫人在这片土地上找到了自己的栖息地，平静地生育繁衍，同时面临着新文化的冲击和融合。来西色雷斯中心参加主麻聚礼的有将近一半是印巴裔和阿拉伯裔，随着澳大利亚多元文化的进程，这个小小的同乡会场所的宁静逐渐被打破。主麻之后，一边是几个老人在下希腊象棋，一边是几个印度次大陆面孔的小伙子在嬉笑着打乒乓球。然而，小小西色雷斯中心能够承载起伊斯兰世界的博爱和大同精神吗？

此时的澳大利亚社会正蔓延着一丝恐慌，由于澳大利亚加入了入侵伊拉克的"联军"，便成为了多个组织的袭击目标。之前的巴厘岛爆炸中死亡的西方人里澳大利亚人占了多数，澳大利亚驻印度尼西亚大使馆也遭到了汽车炸弹的袭击。就在我第二次赴澳的那几天，西班牙马德里也发生了惨烈的地铁袭击，随着爆炸响起嫌疑人也逐渐浮出了水面，西班牙政府戏剧性地更迭。澳大利亚的议会辩论也进入了白热化，反对党的影子首脑放言：如果自己当选，则保证要撤回驻扎在伊拉克的澳大利亚部队，让士兵回家过圣诞节。而澳大利亚警察总长更是火上浇油地警告：澳大利亚很可能就是下一个被袭击的目标。我每次来澳大利亚，在机场也能感觉到越来越紧张的氛围。辣酱和牛肉干不再是被检查的重点，反而有几次被请进小屋进行额外的盘查。可能澳大利亚边防觉得我的面孔与中国护照不太搭配，有伪造的嫌疑，需要动用额外的技术手段验证。

在这个背景下，我与西色雷斯中心的缘分也走到了尽头。有一次下了主麻之后，礼拜殿门口站着几个活动中心的工作人员，给每个前来礼拜的人发了一块点心和一封书信。我开始没有注意信件的内容，以为是关于即将到来的斋月注意事项。回到家之后仔细一读，发现不对头，信的开头很客气，但是内容却很直白：

……西色雷斯中心的清真寺，本意仅仅是为了给本地社区的色雷斯同乡提供一个礼拜场所，并不能承受大量的外来人口，我们其实很脆弱……尽管如此，我们还是乐意为穆斯林兄弟提供服务，但是凡来本中心礼拜的穆斯林，需进行登记，并缴纳200澳币年费……

我想西色雷斯老乡们并不是缺这200澳币的人头费，他们的压力在于无法控制大量的外来人员，怕这些人在活动中心里衍生出令澳大利亚社会恐慌的组织，从而殃及活动中心本身。按照具有"土耳其背景"的奶吧老板的说法，这个社区的清真寺拆了又建，也经历了不少波折，终于他们想出了这个委婉的办法，来减少活动中心的人员聚集。于是，我决定不再去西色雷斯中心参加主麻、西色雷斯人的主麻。估计多数外埠的穆斯林做出了和我一样的选择，不会像去看戏一样，买票去礼主麻。

尽管这样，我并不认为西色雷斯的老乡们是狭隘的民族主义者，他们仅仅是在维护得来不易的宁静，毕竟他们也曾经遭受了磨难和颠沛流离。主麻的意义在于团结和凝聚穆斯林大众，构建一个强大、平等、多元的社会。当今世界远远有人比弱势的西色雷斯人更应该承担这一责任。

与西色雷斯人的邂逅和陌路，就如同泰戈尔所描述的："我们如海鸥与波浪相遇，初见，由远及近。而后海鸥飞走，波浪亦滚滚而去，我们也就此分别。"这世界上的相逢和离别都是缘分，波浪对潮汐的顺从，飞鸟孜孜不倦的求索，短暂的遇见，翅膀与浪花的激荡，就是我们的，也是西色雷斯人宿命和挣扎。

离开澳洲多年，每每回忆起在 Prahran 的生活，那封逐客令从未困扰过我，有的只是我们一起牵手在黄昏的林荫中走过，品尝精致的法式咖啡和下午茶，希腊大妈的庭院里花开花谢，似水流年。既然已是注定，又何苦自寻烦恼？

与此同时，我也一直在寻找真正的、大众的主麻。在礼拜后的祈祷中我会加上有"土耳其背景"的奶吧老板、希腊大妈一家，以及西色雷斯活动中心里塞给我告别点心的"乡老"。感谢他们曾经给予我们的帮助和接纳，祝福他们永远生活在宁静中。

舶来的小屋

并不是五官发达就能看透一处风景，并且发现景致中暗含的韵律，关键是引导感官的心境。比如，单纯用审美的目光可以看到含苞的花蕾，而用敬畏与呵护的心去看则是坚韧的生命。逛菲兹洛伊公园也是这样，雨季的时候透过石径和草坪上的落叶，如果你看到了岁月的变迁，那么你距离这城市的密码就不远了。

墨尔本市中心的菲兹洛伊公园是一个绝美的去处。在这座"维多利亚"式的公园中，几条宽阔笔直的石头路从四面八方的入口汇至公园中央，参天的百年榆树排列于路两侧，公园中多是一块块平整的草地。我常从公园边路过，偶尔会停下车从公园里穿过，享受片刻的宁静。

墨尔本和世界上其他的城市一样，有属于它的城市密码，它们并不是背包客从旅游手册上，或者是走马观花的游览中可以读到的。而菲兹洛伊公园里就隐藏着这样的"密码"，我沉浸在此一段时间之后才慢慢发觉。比如位于公园的一隅，传奇的"库克船长小屋"就是其中之一。

对于库克船长的小屋，表面和简单的了解就是：早期到达澳大利亚的殖民者建立的房屋。初到墨尔本的时候别人就是这么介绍给我的。不少从大巴上走下来，花五分钟在小屋前拍照的游客也大多照此理解。这是一个容易接受的逻辑："英国人发现了澳大利亚，最早来的人出于对英伦的思念，按照故乡的样式建立了这座小屋。"然而来的次数多了，便发现自己最初的理解是多么肤浅。

并不是五官发达就能看透一处风景，并且发现景致中暗含的韵律，关键是引导感官的心境。比如，单纯用审美的目光可以看到含苞的花蕾，而用敬畏与呵护的心眼去看则是坚韧的生命。逛菲兹洛伊公园也是这样，雨季的时候透过石径和草坪上的落叶，如果你看到了岁月的变迁，那么你距离这城市的密码就不远了。

围绕着小屋，存在一系列的误解和有待认识的真相。首先，这座小屋从来没有居住过任何人，这只是一个纪念物，用来纪念英国航海家、皇家海军军官——詹姆斯·库克船长。在我们传统的教育中，有着诸多关于"发现新大陆"的论述，在这个语境中，库克船长与"发现"美洲新大陆的哥伦布等人齐名，是澳大利亚、新西兰、南极洲和太平洋一系列岛屿的"发现者"。"发现"一词是一把恶毒的锉刀,磨灭了这些被"发现"土地上原住民的痕迹。

实际上,库克船长本人从来没有登上过墨尔本所在的这片澳洲海岸。比较客观的说法则是:他或许在驾船经过这片海岸线时从望远镜里眺望过这片大陆,或者登上过周边的一些小岛。

登上过这片土地的是另一位叫作富林德斯的西方船长,位于墨尔本市中心的富林德斯大街和中央火车站就因他而得名。街头一尊塑像刻画了当时的场景,富林德斯船长雄赳赳气昂昂地站在登陆艇的船首,左右两个水手用尽吃奶的力气推着登陆艇驶向滩头——一副"发现者"的派头。青铜像雄辩地矗立在那里,澳洲的原住居民早已失去了话语权,他们中的一些人就在距离富林德斯铜像不远的地方乞讨,运气好的话,帽子里会被人扔上几枚硬币,上面有英国女王的头像——来自文明世界的拯救者。他们似乎并不是很在乎那位高高在上的船长,也许曾经在乎过,但是后来麻木了?只有那些顽皮的海鸟,虽然我怀疑它们在游客的供养下已经失去了捕食的天性,但是显然还没有丧失基因中固有的话语权,把屎拉在高傲的"征服者"的头上,以表明谁是这片土地真正的主人。

在我看来富林德斯铜像无疑是一个失败且自取其辱的产物。相比之下我更喜欢"库克船长小屋"的内敛和自省,它静静地坐落在公园的一角,散发出沉静的力量。小屋院落里的一块碑文上书道:"……这座小屋用以纪念詹姆斯·库克船长的航行,他于1770年标注(Map)了澳大利亚东海岸……"Map,就是这个词!它的运用既包含了西方对"发现新大陆"的反思,也蕴含着一股强势文明的震慑力。

"Map"这个词在英文里通常是以名词形式出现,本意是"地图"。同时它也可以当动词使用,意思就是"绘制地图"。虽然我自恃有义务来捍卫中文世界的尊严,但是客观地说,在这个词汇的表达和运用上,中文输给了英文。固然我们有一系列的词藻可以用来表达这个含义,比如:标注、标示、测绘、测量等,但是没有一个词表达的范畴和力道可以达到这个简单的"Map"。即便我们曾经拥有成吉思汗、郑和那样探索疆域的理想主义者,竟然也没有创造出一个简单明了且能够和"Map"匹敌的词汇。而被黄金、蔗糖、鸦片贸易驱动的航海贩子,竟然以这个貌似柔弱却又咄咄逼人的词汇拓展了他们的盎格鲁——撒克逊文明疆界。

我不了解库克船长的生平,但是仅仅就 Map 这个词汇而言,我钦佩这个人,以及使用这个词纪念库克船长的后人。相比之下,高傲的富林德斯铜像则显得肤浅和肮脏。

"库克船长的小屋"是澳大利亚人从英国一块砖一块砖地搬来在墨尔本重建的,它原本是库克船长的父母在英国约克郡乡间的老宅。关于库克船长本人是否在英国的这个小屋里居住,史学界有不同的观点。有学者称,当库克的父母购置这座住宅的时候,原本放荡不羁的"浪子"詹姆斯·库克已经加入英国皇家海军,漂洋过海,为女王开疆拓土去了。也许仅仅只是在回到英伦祖国的时候,来此屋探望过年迈的双亲。

认识到历史的细节之后,人们会觉得用这座小屋来纪念库克船长未免有些牵强。而实际上,澳大利亚人之所以不辞辛劳地把小屋搬来,与其说是纪念库克本人,不如说是激励自己。20 世纪 30 年代,受到国际大环境的影响,澳大利亚社会进入经济萧条期,青年人对于时局和生计产生困惑。澳大利亚维多利亚州政府为了构建新生活的梦想,想到了这片"女王领土"的开拓先驱库克船长,用他的"故居"来激励民众,使得居者有其屋。号召大家在这片土地上努力工作,不断开拓,尽早建立和拥有自己的小屋和家园。因此他们买下了这座万里之外的小屋,拆解之后装船,一路漂洋过海运抵墨尔本,成了名副其实的"舶来之物"。

舶来的小屋产生了争议：首先是小屋落户的位置。原本计划是将小屋重建在墨尔本市中心的图书馆旁边，但此举受到了广泛的抨击。因为图书馆是一座气势恢宏、艺术范十足的建筑，而库克父母的小屋则平淡无奇。有人甚至在当地报纸上撰文，尖刻地抨击说把小屋建在图书馆旁边，就好比"在大画家伦勃朗的巨作下角加了一杯咖啡的素描"，实属画蛇添足之举。经过一番激烈的辩论和取舍，最终才将小屋落在菲兹洛伊公园一角。

库克船长的小屋并不是公园中唯一承载新移民梦想的所在，同样的纪念物还有"约翰·肯尼迪纪念碑"。它位于一座下沉式公园的中心，为了纪念1963年遇刺的美国总统肯尼迪。肯尼迪在位期间，给美国经济带来了复兴和发展，对于依赖西方经济圈的澳大利亚来讲，民众也看到了发展的新希望。因此肯尼迪对于澳大利亚人来说也具有非凡的意义。其实澳大利亚与美国还有更加耐人寻味的渊源：18世纪早期，英国政府并没有刻意开发这片南方的大陆，当时"日不落帝国"的版图上满是尚待开发的丰硕领地，谁会为澳洲大陆上干裂的红色岩石耽搁时间呢？澳洲的第一批永久居民——来自泰晤士河畔的囚犯本来是要被流放到北美的，只因为华盛顿将军领导的白人被压迫者翻身做了主人，建立了美利坚合众国，大不列颠当局才被迫启用了澳洲来作为当时世界上面积最大的劳改农场。美国的兴衰在历史上无时无刻地左右着澳大利亚的发展。

小屋的落户给新移民带来了新希望，同时也产生了新的问题。20世纪六七十年代，澳大利亚也经历了反帝运动和对殖民历史的反思大潮。小屋成为旧殖民主义者登陆和侵占土著澳洲领土的代表物。社会主义者群体和土著人代表在库克船长的小屋外安营扎寨，派出代表手捧一串玻璃珠，向看门人提出交换小屋的所有权。这是因为早期的英国登陆者就是用诸如玻璃珠、望远镜之类的小玩意儿从土著人手里换走了大片的土地。可想而知，当时小屋看门人的表情有多么尴尬！

在了解了小屋历史的林林总总之后，便知道自己先前的理解是多么荒诞不经。而这样的说法之所以在华语圈子里得以不加推敲地流传，主要是因为我们已经潜移默化地接受了"发现者"的霸道逻辑，不知不觉地成为了殖民者在意识形态方面的帮凶。带着悔意和对真相的刨根问底，我又踏上了前往澳洲大陆中部的旅程，去寻找这片大陆主人真正的、最早的"小屋"。

到达"乌鲁鲁"上空的时候，飞机驾驶员故意做了一个倾斜机翼的盘旋动作，好让大家从舷窗里清晰地看到这座巨石的真容。在广袤苍凉的澳洲中部平原上，铁红色的巨石山显得异常渺小，就仿佛一个在大地上行走的过客的棚屋。"乌鲁鲁"是这块土地上的澳洲原住居民对它的称谓，在英语体系里人们称它"艾尔斯岩"，因为一个叫艾尔斯的英国探险者在穿越澳洲大陆时，从很远的地方望到了这块岩石。而我即便是在英语的语境中，也拒绝称呼它为"艾尔斯岩"。仅仅是因为看到了它，就可以不顾它的身世而赋予一个名字未免可笑。反过来想，艾尔斯爵士毕竟是盎格鲁—撒克逊文化体系中第一个看到它的人，并把它带到了自己的文化体系中，因此"艾尔斯岩"作为"乌鲁鲁"在西方文化体系中的投影也并不为过。用肉眼去看，它是"艾尔斯岩"，而用心灵去看，它究竟是什么呢？

当我来到"乌鲁鲁"脚下的时候，正好遇到罕见的大雨。千百道涓涓细流从巨石顶端沿着浑圆的侧壁向下流淌。细流砸在岩石的凹凸部分化作漫漫水雾，淋漓浸透的巨石更加展现了一种无可名状的神秘震撼力，使得它脚下渺小的人类如醍醐灌顶，获得了一种重新回到母体内的感觉。此时此刻，一个问题油然而生——是谁创造了我们和这一切？

"乌鲁鲁"脚下的居民,在百万年与巨石为伴的历史长河中,无时无刻地经历着这种震撼。从原住居民的视角来看,在如此苍茫无垠的旷野中,巨石无缘无故地拔地而起,必然是造物主有意的安排。于是他们将巨石奉为崇拜物,认为巨石与自己的生命繁衍具有神秘的联系。遗憾的是,这里的原住民和大多数澳洲土著居民一样,在殖民者到来之前,他们的心智和文化处于一种较低的水准。"乌鲁鲁"的岩壁上留下了不少他们世代流传下来的"壁画",与敦煌壁画相比,这更像是小学生在放学路上的涂鸦。在澳大利亚的土地上分布着数以万计的原住民部落,彼此语言不通,每个部落的活动范围不过百余公里。澳洲中部干旱缺水,没有大型河流,因此阻碍了部落之间的迁徙和互动,无法碰撞出文明的火花。

　　由于先进文明给人类带来了不同的视角,因此科学的产生给人类的创造论带来了挑战。比如,从空中俯瞰"乌鲁鲁",你便感受不到它的伟大和神秘,而只是渺小。通过地质运动分析,人们勾勒出了"乌鲁鲁"千百万年的今生与后世。我们看到的"乌鲁鲁"实际上是巨大的岩石断层露出地表的一个小小的尖端。这个断层像一根向上弯曲的扁担,一端是"乌鲁鲁",另外一端在百余公里外露出地表,是呈手指形状的几个尖峰凸起,叫作"卡塔居塔"。我们驱车从"乌鲁鲁"前往"卡塔居塔",穿越中部荒野无人区的公路上车辆稀少。偶尔对面开来旅行大巴和当地工作人员的皮卡,司机会友好地把手伸出车窗打招呼,让孤独的行者感到一丝友善的温情。

　　这是一条认知生命与创造的道路,绵延百余公里的公路地表下,是一条庞大的岩浆断层,随着地壳运动的挤压,不断地将"扁担"两端的"乌鲁鲁"和"卡塔居塔"顶出地面,古老的巨石实际上只是小荷才露尖尖角,凭借地下庞大的基体,它们逐年增长,亿万年后高度会超过珠穆朗玛峰。这些科学知识和分析推理,对于持有创造论的信仰者来说，无疑是一种空前的挑战。不要回避科学，将自己囚禁在"不可知论"的囵圄里。其实跨出自己的舒适空间，拓展认知的边疆，拥抱现实的存在，你会进一步领略创造之伟大，科学永远无法颠覆它，只能一点一点揭示它摄人心魄的美丽。

"乌鲁鲁"上有一条可供游客登顶的通道，不少游客沿着它攀上巨石顶端游览。然而在通道的入口，有一条"乌鲁鲁"脚下的原住民写给游客的告示："在您准备攀登'乌鲁鲁'的时候请三思，如果您不慎滑落，您的父母和亲人会哭泣。"我想，原住民的本意是不想让游客攀登他们的圣山，然而他们业已成为澳大利亚联邦公民，无法以法律手段阻止游客。于是他们以这种示弱的方式，依附英语表达了其古老的朴素思想，委婉地奉劝攀登者，以对游客的怜悯，换取游客对他们信仰和文明的怜悯。确实，塑造一颗"怜悯之心"是信仰者最重要的功修。于是我放弃了攀登的念头，即便登上了巨石顶端又怎样？它不是宇宙之巅。那个站在巨石顶端体验"会当凌绝顶"的人类，不过是文明进化史和茫茫的自然界中站在沙粒上的一只蝼蚁，无法透过重重的知识和时空的迷雾，管窥到创造的本体。

在茫茫的澳洲中部红土地上，我们还遇到了一群另类的"移民"——来自中亚的骆驼。在19世纪澳洲中部尚未有现代化交通工具的时候，英国人发现，曾在丝绸之路上扮演沙漠之舟的骆驼是绝好的运输工具。于是从其殖民地阿富汗引入了驼队，以及阿富汗裔的驼工。随着汽车的引进和公路的发展，驼队没有用处了。英国人起初决定将骆驼宰杀掉。但因为阿富汗驼工与骆驼有着深厚的感情，在驼工的坚持下，骆驼被放生，任其自生自灭。然而数年之后，人们发现阿富汗骆驼在这片土地上显示了惊人的生存和繁殖能力，于是野生的"沙漠之舟"成为澳洲中部一个特立独行的物种。我与它们有一次偶遇，是在破晓前的公路上。当时旅游大巴以100公里的时速前行，一支野生驼队出现在了路的一边，有几只还慢悠悠地踱上了公路。幸亏司机精神集中，减慢车速、关闭远光灯从它们身边慢慢驶过。望着它们我在想，如果它们能够早来几千年，也许澳大利亚中部的文明发展会是另外一番景象，原住民会以它们为舟楫，迁徙、通商和交流，创造能够与欧亚匹敌的智慧和文明。然而造物弄人，你永远不知道，也许一个小小的自然物种或者事件就会决定人类千百年的命运。正是缺乏这样的"催化剂"，澳洲大陆的中部在外来者介入之前，就一直这样孤独地沉寂着。

大巴司机十分健谈，在他的嘴边配有一个麦克风，他一边开车一边介绍澳洲中部的风土人情。他尤其擅长介绍早期的移民家族，能够一连串地说出某个家族好几代人的姓名。停车休息的时候我和他攀谈，得知他和这里不少的导游一样是兼职的。他本人拥有历史学硕士学位，研究早期澳洲的白人开拓历史。他仿佛自言自语一样，讲述了大大小小的很多白人与原住居民的冲突事件，并且精确地说出了白人一方阵亡的人数。同时，我注意到他也会顿一顿，然后说："这场战斗也给原住澳大利亚人一方造成了若干伤亡，具体数字不详。"于是我对这位历史学家产生了好感，他的历史观和研究角度并不是单向的。在他的口中，澳洲中部的历史不是一部"征服史"和"发现史"，无论你是原住民，还是殖民者，还是流浪的骆驼，探索、挣扎、生存，是这片土地上永恒的旋律。

从"乌鲁鲁"回来后，当我再去菲兹洛伊公园看"库克船长"的小屋时，又有了别样的心境。就在这片公园所在的土地上，也曾有原住民居住吗？他们对于小屋持有什么样的心境和观点？殖民政府曾经对澳洲原住民进行了强制性的同化教育。悉尼维多利亚商城里面的"殖民钟"上真实地记录和刻画了这一场景：白人从原住民母亲的手里抢走她的孩子，去进行同化教育。而孩子的父亲则是钟上的那支秒针，他手持长矛无奈地旋转，周而复始地见证着历史。数年以后,当哈米黛还是母体中的一个萌芽时,也游历了澳洲。她尚且不知道这外面的世界是多么的美丽,同时也是多么的残酷。我不想做那个无奈的陀螺一样的父亲,用长矛抵御疾风暴雨般的飞弹。我也无法永远庇护她,我只能给她留下回忆和文字,帮她塑造一颗勇敢的心。让她在探索中使自己变得坚定而具有免疫能力,并把这种能力传递给她的孩子。

在寻找墨尔本原住居民的过程中,我发现了菲兹洛伊公园中所隐藏的另外一组"城市密码"——早期亚拉河河畔原住居民留下的痕迹。那天我在联邦广场参加了北京奥运会倒计时庆典活动,同时我们离开这座世界上最适合人类居住城市的日子也进入了倒计时。我从锣鼓喧天的仪式中抽身而出,最后一次前往菲兹洛伊公园。这个时间段里没有旅游大巴停留,因此库克船长的小屋前静悄悄的。我走到小屋的售票窗口,看门人是个四十多岁的白人男子,用特有的澳式问候向我打招呼:"嗨!哥们儿,今天还好吗?我听城里那边挺热闹啊。""是啊,"我也爽快地回答,"我们中国要开奥运会了,大家在那儿庆祝呢。"我随后话题一转,问他是否知道这里有一座澳大利亚原住民的房子。听到我的问话之后,这位老兄有些局促,随后神情紧张地说:"我们知道,这片土地是属于乌兰杰里人的。"他显然是把我的问话与多年前左翼人士对小屋的挑战联系在了一起,尤其是我又来自于社会主义的红色中国,他不得不提防着点儿,以免犯政治错误。不过最后他终于搞清楚了,我不过是在寻找原住民在公园里的一块纪念物,于是给我指明了方向。

这座"原住民的小屋"是一根残留的古木树干,树干的一侧树皮被原住民剥去,用来制作木舟、容器和婴儿床等物件。它被保留下来,如实地记录了原住民生活的印记。树干旁边的提示板上写着:"请敬重这个地点。它对于乌兰杰里——这片土地传统的守护者至关重要,同时它也是所有澳大利亚人的遗产。"这里所提到的乌兰杰里人是早期墨尔本地区的原住居民，随着殖民者的到来，各种流行病病毒也被引入了这个不设防的大陆。在一次病毒大爆发中，生活在亚拉河河畔的乌兰杰里部落染病，几乎全部灭绝。历史就是这样沉重和无情，外来者可以带来文明和科学，也可以带来毒品和病毒。外部因素无法从根本上改变一个民族，除非他们自己具有智慧和免疫力，进行自我改变。

　　比种族灭绝更加残酷的是信仰和文明的毁灭。一位英国军队指挥官记录了他在 20 世纪初带兵入侵西藏的经历：英军在对阵一千多名藏族武装人员的时候，使用了重机枪扫射。凭借工业革命的成果，英军配置的马克辛机枪一分钟内可发射 600 发以上的子弹。这不是战争，而是屠杀。令这位指挥官惊诧的是，经过猛烈的机枪扫射之后，藏军士兵并没有落荒而逃，而是转过身去，垂着头无比失落沮丧地往回走去，全然不顾机枪仍然在喷火射击。这匪夷所思的场景英军从未遇见过。事后才了解到，原来每位藏军在上阵前，除了拿到一只简陋的毛瑟枪外，还有一张写满了活佛祝福的字条，声称放在贴身处便可抵御异教徒的子弹。当他们目睹同胞在弹雨中成排倒下时，意识到祝福语并没有起到作用，在这一刻他们的信念完全崩溃，甚至已经不在乎肉体的安危了，只顾在迷茫中扭头离开。英国人的这段回忆录我曾多次和朋友分享，每次讲到藏族人低头离开战场那一幕时，我都要停顿片刻，抑制喉头的哽咽。如果你是一个信仰者，即便与藏人的崇拜物不同，相信你也无法平静。因为肉体与信仰的双重幻灭，是生命中不可承受之重。如果你的心底也在流泪，这也许就是"怜悯之心"赋予你的情感。而这个英军军官最后说道："我以为我率军征服了西藏，但是我却被西藏征服。"在驻扎在这块土地的日子里，他经历了高原上的神秘体验，最终皈依了藏传佛教。

有一次整理家里老照片的时候，我惊讶地发现母亲三十年前在"库克船长的小屋"前的一张照片。她从未给我分享过这个小屋的故事，也许她也仅仅是走下大巴，听导游介绍说"这是第一个到达澳大利亚的英国人住的小屋"。母亲就是一个凝聚家庭的"小屋"，维系安宁，包容不羁，给漂泊的游子留一盏灯。她没有效仿她的同事，带着我们移民澳洲，而是让我们在故土上长大，根植我们固有的传统。但是她从未停止过激励我们去认知新的事物。在童年的记忆里，我在同龄人中第一个拥有了录像机、苹果电脑和旱冰鞋。同时，她也言传身教地教会了我去"怜悯"，怜悯身边的弱者和她的少数族裔学生，因此我才有这样的机会和勇气去探索及突破文明的边界。

离开澳洲多年，菲兹洛伊公园里的小屋又几经寒暑，依然静静地矗立在乌兰杰里人守护的英式榆树间。其实，每个人都有一个梦寐以求的小屋，为亲人遮风挡雨。而孩子终将远行，他们无须带走一砖一瓦，只需要探索的勇气和怜悯之心，在彼岸建立一座顽强站立的、包容传统与文明的"智慧之屋"。

没有枪声的莱克星顿

"9·11"中的美国人从抽象的"他者"变成了会和你打招呼的普通人,是你的邻居和同事。同样,如果操纵武装直升机的美军真切地走到摩苏尔十字路口的人群中,他也会和开着面包车送孩子上学的大胡子男人说早安,而不是隔着电子屏幕对他射出子弹。

美联航的飞机自北京起飞,一路向北进入西伯利亚,从舷窗向地面看去是广袤的冻土平原,景致单一,令人昏昏欲睡。这时晚餐开始了,我的开胃菜是土豆馅煎包、脆饼、咖喱蔬菜和米饭,之后是甜品,典型的印度风味素食,每一道都很精致。我没有预订穆斯林餐,而是订了素食。穿越白令海峡的时候,时区变更线切割昏晓,我也进入了梦乡。

美国梦,带走了我很多朋友和亲人。他们通过美国使馆签证处那道"鬼门关"后一去不返。我选择了一条不同的道路开始我的周游世界之旅,美国是最后一站。但是在我到达美国之前,它的影响力就已经潜移默化且固执地占据了我的身体。比如说,初到新加坡的时候,出租司机和我聊天的时候说:"你们的美元……"我说:"等等,你为什么说我是美国人?"出租司机说:"你的口音啊,难道你不是美国人吗?"我意识到美国通过大片、肥皂剧、外教、留美预备学校、志愿者、新教传教士、可口可乐,给我们这一代留下了印记。尤其是美国口音,它的存在尤为顽固。我曾经屏蔽了 CNN 和 FoxNews,通过大量观看和收听 BBC 和欧洲新闻来去掉美国口音的影响,但是收效甚微。刚刚认识的美国同事还是会问我在美国生活了多少年。

我的目的地是芝加哥附近小镇上的公司培训中心,我作为讲师给"顾问训练营"的学员授课。我从奥黑尔国际机场乘出租车沿乡村公路行驶,远远地看见城市中心区的剪影划过车窗。司机是巴基斯坦裔,一路上滔滔不绝地给我讲述美国的生活。路边有被撞死的梅花鹿,我提醒他别光顾着说话,看着点儿路。美国给我的第一印象就像个大乡村,路边的电线杆是木质的,有的甚至已经严重倾斜,靠支撑架维持,路面有不少补丁。但是,在这样的乡村公路上,不时地会出现只有好莱坞电影里夜总会门口才有的加长林肯轿车,让人感觉到美国郊区和乡野中的中产阶级文化和生活理念。

在芝加哥郊区工作一周之后,我前往波士顿市郊度周末,住在小镇莱克星顿兄长家里。这里是美国独立战争的发源地。历史课本中所谓的"莱克星顿的枪声"就来源于此。记得初中历史老师还专门给我们分析论述过,美国独立战争中莱克星顿的这第一枪,到底是英军开的还是北美民兵开的。

周六上午我前往莱克星顿古战场,这是一块长约一千米、宽约数百米的地带,中间是开阔的草坪,周围是街道,低矮的房屋,以及灌木。美国的市郊和乡村发展缓慢,这些景观在二百多年的时间里并没有太大的变化,因此周围有好几座房屋前的牌子上都写着:"本房屋见证了莱克星顿之役。"可见它们从 1775 年就一直立在这里。

在展览室里，有一幅沙盘图如实地复原了当年的事件：在这场遭遇战中，北美民兵基本处于被驱逐追击状态。这些民兵在英语里有一个特殊的称呼叫作"Minuteman"，字面含义是"一分钟人"。这是因为这些民兵出身平民，号称在一分钟内可以集结成功，投入战斗。典型的民兵装束是白衬衫、马靴、头戴船型的黑色帽子，手持外形酷似烧火棍子的步枪。而英军士兵穿着耀眼的红色军服，列队整齐，以绝对优势的排枪火力完全压制了且战且退的民兵武装。从复原沙盘上看到，英军方面仅有一两名士兵受到了皮肉擦伤，队形丝毫没有散乱。而依托灌木和石堆作战的民兵则显得较为慌乱，留下了好几具尸体。相对于"高大上"的抽象讴歌，我更加敬重那些如实刻画历史，并敢于揭示自己失败的人，这实则为一种自信。莱克星顿也体现了美国人心目中大国崛起的情结，仅美军中就先后有五艘以"莱克星顿"命名的大型水面舰艇。连日本的战斗机自杀式攻击也没能阻挡住美军独霸太平洋的步伐。

与战场沙盘带来的感受相比，莱克星顿的纪念碑文乏善可陈。我对其中反复出现的"Free"（自由）一词具有过敏反应。这个词在英语中的发音是用门牙轻轻抵住下嘴唇，然后向外吹气。再加上该词常常被那位玩世不恭、四处惹事的小乔治·布什总统挂在嘴边，所以显得轻浮浅薄。二百年前至今的美国"自由"，对于被灭绝的印第安人，被贩卖的非洲黑人，被压榨的爱尔兰人，被盘剥的南美洲人，被抑制的中国人和俄罗斯人，被封锁而又"解放"的伊拉克人来说，又意味着什么？这碑文无法解释和铭记。

周日午后，我离开了平静的小镇莱克星顿，由波士顿飞回北京。里根国际机场，2001年9月11日，两架从这里起飞的客机撞向了纽约世贸中心大楼。而当我看到戴头巾的穆斯林妇女在机场的便利店卖热狗时，我意识到这场袭击完全是徒劳的。它完全没有动摇这个国家的根基，也没有从根本上解决伊斯兰世界和穆斯林民众的根本问题，它甚至没有能保护自己的妇女和孩子。我从安检口回头望去，在长长走廊的另一头，父亲和哥哥在向我挥手告别。除了至亲，美国没有让我留恋的东西。

我的初中历史老师是个感情丰富、勤于思考的人。他除了教授课本上的内容，还经常提出他自己的观点和思考。当年讲到北美大革命时，根据一脉相承的官方历史观，美利坚合众国的形成套用了反帝反殖民、民族解放的建国模版，并催生了美利坚民族。这时历史老师合上书，锁着双眉讲道："长期以来我一直在思考一个问题，美国的黑人是美利坚民族的一部分吗？"课堂上一片静默，"算了，这个问题我也搞不明白，也不会考。我们继续吧。"

美国是什么？什么算是美国人？这的确是个复杂的问题，即便我成年之后，也无法透彻地解答历史老师的个人疑问。初次去美国使馆签证的时候，签证官看了一眼我的公司介绍信问："你们公司的总部在哪儿？"这个问题把我问住了。公司注册地点是百慕大，在纽约的纳斯达克上市，花的是全世界股民的钱。这是不是一家美国公司呢？

美国以"Free"的名义占领了伊拉克，从此那里私刑遍地，枪炮声不断。与平静的莱克星顿相比，阿布格莱布监狱是最不像美国的地方。美国究竟向这里输出了什么呢？我甚至极端地想象，如果把伊拉克变成美国的第五十一个州是不是会更好些？至少这里的人民可以像美国本国公民一样有尊严地生活，拥有自由和隐私，不会在半夜里被联邦政府的公职人员随随便便地一脚踹开大门，也不会在送孩子上学的路上被武装直升飞机扫射追杀。

波士顿市郊最美的季节是深秋，碧蓝的天空之下，尽是些火炬一样的枫叶树。城里的景色也不错，尤其是哈佛大学的校园，落叶铺满蜿蜒的小径，穿行在古朴典雅的教学楼和会堂之间。我不觉产生了一个念头，潜心做一个学者，穿着高领毛衣，背着褪色的牛皮书包，蹬着怀旧版的自行车融到这景致里了却此生，也不啻为一个不错的归宿。

19世纪上半叶，哈佛毕业生梭罗选择在距离波士顿不远的一片森林湖畔隐居，将他的隐居笔记整理成一部集子《瓦尔登湖》。梭罗在世的时候并不出名，《瓦尔登湖》也只卖出了几百本，其余的躺在他家的地窖里。然而站在当今这个时代，回首看梭罗和他的作品，不得不承认它的惊世骇俗。《瓦尔登湖》阐述了一种清心寡欲的生活心态。19世纪是美国的工业化进程全面提速，走向大国崛起之路的阶段。梭罗认为人们在世俗的工作和生活中，为了追求超出生存必需品的物质，将自己陷入了欲望和艰难度日的痛苦轮回中。我看了《瓦尔登湖》之后，觉得如果美国人按照梭罗亲身实践并推荐的方式去生活，我们这个时代便不会再有美国主导的战争和杀戮。然而同时，这世界上也不会有喷气式飞机和互联网这些科学技术，让我们在地缘和心境上拓展自己的边界。主导和推动社会发展的是"大恶"，多数新技术都诞生在军方实验室里，用于杀人和掠夺。而另一方面人类的内心却在追求一种"大善"，教人们和平友善，无欲无求地生活。这个悖论交织在美国乃至人类社会发展的过程中，此起彼伏。美国究竟是什么？伊利诺伊州小鹿穿梭的乡村公路和马萨诸塞州近郊的田园风光，无法给我提供一个全面的认识。

新年的第一天，我们乘坐"灰狗班车"从波士顿出发，一路南下，前往纽约和华盛顿。在此之前的数次美国之旅中，我从未真正接触美国的大都市。十几年前，埃及人穆罕默德·阿塔率领他的团队从波士顿出发，在纽约结束了他们的旅行以及三千人的生命。在随后布什政府发起的"十字军东侵"中，又有几十万人罹难。纽约成为一场文明冲突的暴风眼。纽约究竟有什么？倒塌的世贸废墟？杀人的资本？如果不亲自去看看，单单从不同立场的媒体抽象的描述中，无法得出切实的认识。在纽约的数天里，我并没有去华尔街和世贸大厦废墟。因为无论你站在哪一边，这两个地方只能体现一种对于"他者"的仇恨。反而是两个平淡的场景，给我的纽约之旅留下了深刻的印象。

在曼哈顿43街靠近中国驻纽约领事馆附近，有一个很小的消防站，它只有一个临街的车库和一面橱窗。纽约的消防站不同于中国城市里的消防站，后者以中队为建制驻扎，通常有着朱漆大门，门前是开阔的停车场。而在偌大的纽约，则是均匀遍布着上百个这样的小型消防队，每个队只有一两辆消防车，在高楼密集林立的纽约市区里机动灵活，能够在最短的时间里赶到火场。西43街的这个消防站的知名之处在于：在"9·11"事件中除了一名留守的人员，出警前往火场的十几名消防队员全部遇难。

我们住在纽约的几天里，数次从这个消防站门口走过。橱窗里陈列着一些消防员的遗物，由于它紧邻街道，夹在其他临街的公寓大门和店铺之间，使得它更像是一个邻家的杂货铺或者洗衣店。有几次我看到下班后的消防队员从里面走出，扫去路边车顶上的积雪，然后驾车离去，就如同普通的上班族一样。这时，"9·11"中的美国人从抽象的"他者"变成了会和你打招呼的普通人，是你的邻居和同事。同样，如果操纵武装直升机的美军真切地走到摩苏尔十字路口的人群中，他也会和开着面包车送孩子上学的大胡子男人说早安，而不是隔着电子屏幕对他射出子弹。

另外，我惊喜地发现在纽约很容易找到清真食品。夜幕降临的时候，在曼哈顿最热闹的中心区，在每条南北走向的"大街"与东西走向的"大道"的拐角处，都会有埃及人的餐车。餐车如国内的煎饼摊大小，四周是透明的玻璃罩子，中间是一个滚烫的铁铛用来摊热狗和焦圈。有些装饰比较精致的餐车还装有 LED 显示屏，上面写着"我爱纽约"，"爱"是一个心形，而"纽约"是缩写的 NY。当然所有的餐车上也配有清真标志。在一些人流密集的街角，餐车前往往还排着队。不少下班的白领为了节省时间，在餐车前包上一个热狗，一边吃着一边匆匆赶路。这些埃及穆斯林的胡须和圆顶帽，以及阿拉伯文的"清真标志"并没有引起路人的格外关注，他们和证券交易所、时尚用品旗舰店、行色匆匆的人流一样，都是纽约街景中不可分割的一部分。其实纽约并不是某种意识形态的代表，这里有华尔街和嗜血的资本，也有穆斯林经营的热狗餐车。纽约就是纽约，包容所有在这里找到位置和快乐的人。我还注意到，在人流较大的街角，经营餐车的往往是年龄较大的长者。因为这里生意好，要凭借资历才能占到这个位置。于是我想，原来在高大的世贸大厦下，街道拐角的好位置也应该属于一个比较年长的埃及人，只是在 2001 年 9 月 11 日那天，他没有生意做了。他是否会抱怨那个撞倒世贸大楼的老乡呢？

美国不是乐土，也不是敌对的"他者"。美国就是美国，它包容了形形色色的人类和意识形态。既有向善的也有作恶的；既有亚伯拉罕·林肯，也有鞭挞和虐杀黑人的奴隶主；既有躲在无人机屏幕后面发射火箭弹的战争贩子，也有为保护巴勒斯坦人的房屋而喋血在推土机下的学生。美国是世界的一个缩影，在从善与作恶之间交织着演进。

不久我收到家人的照片——小侄子在莱克星顿的独立日游行中头戴船形帽，怀里抱着烧火棍子形状的"步枪"，俨然一个黑头发黄皮肤的"Minuteman"。在未来很长的年代里，莱克星顿不会再有枪声，但并不意味着世界会变得和平。美国会源源不断地吸引与之结为利益共同体的人们向它皈依，并发动新的对外博弈。而作为一个拒绝美国及其意识形态的信徒,一边鞭挞美国的不义,一边无法阻止自己的同胞前往美国寻求物质的满足和精神的庇护,无疑是可耻的。因此每次离开美国的时候,我都归心似箭。诚然,在认识美国强大的缘由之后,便知道最为严酷的战场其实在自己的故乡。

寻找消失的栅栏

这不是一篇僵尸论文,也不是适合大鸣大放的宣传稿。它是一条心路,引领着我去摸索和选择。自从带着疑问离开北京,那个尚待证实的场景时常在我脑海中出现——那个雨夜中也有我,站在那段业已消失的城墙下注视着自己的同胞,聆听着带着乡音的呐喊。如果时光真的可以倒流,我定会加入他们,呼喊、冲杀、中弹、倒地,为那个腐朽政权的迂腐埋单。即便我和马福禄一样把这一切看穿,我又能选择什么?这是回族人的宿命,一个穆斯林的注定。

这是一个关于栅栏的疑问,它源于一本前辈文集——《雪岭重泽》。或许是长年在外游走的缘故,我被这本七十年前的札记所吸引,它的作者是北京回族人薛文波。这部作品收录了薛老和其他几个穆斯林朝觐者赴麦加在伊斯兰世界宣传中国抗日战争的旅行日志,并且包括若干发表在当时回教媒体上的一些抗战杂文。其中提到了1900年庚子之役中,在抵抗八国联军入侵、牺牲在前门楼上的西北回族将领马福禄。

薛老在20世纪30年代重提马福禄的牺牲,可谓是用心良苦。当时日军大兵压境，东北沦陷，华北危在旦夕，那是一个需要民族英雄的时代。马福禄在国难当头之时，在中华民族的大门——正阳门上捐躯，有着标志性的意义。然而，在马福禄的故乡甘肃河州，他给民间留下的记忆则是一个不遗余力地绞杀同胞、用麻袋装着死者耳朵去邀功请赏的屠夫。作为一个民族英雄，他在故乡的老宅却曾经被憎恶他的族人付之一炬。我的根在西北，生长在北京，有责任去刨根问底地探究马福禄留给我们这个民族的悖论。于是便有了下面这篇穿行于时空中的求证。这次求证不仅在历史的迷雾中找到了真相，也在一定程度上促成了我决定结束周游世界的飞鸟旅程，回到故土。

大栅栏

经过长途飞行，航班在上海经停，天气报告说京津地区大雾弥漫。我并不担心雾气会蒙住我的眼睛，因为北京不会隐匿在黑暗和雾霾中，充其量也就是没法看见地面上那些丑丑的但是格外亲切的小砖头房子而已，我依旧会借助嗅觉去发现和感受它们。

记得当年走的时候，搬家公司的领班对我说："嗨，出去就别回来了，国外空气多好啊！"可是胡同里小煤炉的烟气、暴雨击打地面起来的土腥味儿，以及夹杂着粉尘的有些呛嗓子的冷风，一直是我心中的奢求，帮我酝酿着那个回来的期盼。在夜色与浓雾中，朝阳门躲起来了，长安街模糊了，国贸大楼只剩下一个黑漆漆的轮廓。我站在街边，深深地吸入一口冬日的寒风，并且确信无疑地过滤出其中的那丝炭火涮锅的味道时，不禁兴奋地喊了出来："这就是北京——我的城市，你无处可藏！"

漫步在前三门外的胡同里，眼睛里是亲切的黄包车，字画铺子，还有小吃摊主的白帽。卖陀螺的大爷用英语大声招呼着我，我调侃地用英语回敬了他。我的脸型和许久没有刮的胡子让人察觉不到我的北京人的身份。这是一种有趣的感觉，映衬着我们那种独特的身份——"熟悉的陌生人"，热爱和拥有这座城市的异族。

一百年前的庚子之战，也就是在与"八国联军"的那场血腥和耻辱的战役中，一支以中国西北穆斯林为主的部队就在脚下的这些街巷中与入侵联军作战。根据一般史料记录，庚子战役中马福禄负责坚守正阳门，也就是现在的前门。英军在城头下设立了十道栅栏，步步为营逼近马福禄的阵地。于是马福禄率众冲击英军的阵地，在第十道栅栏前中弹牺牲。根据这个记述，我在脑海中勾勒了一幅场景：英军的栅栏应该是排列在前门外的大街上，马福禄从前门城楼上冲下来，由北向南进行反冲锋。

那么，英国人的栅栏和前门外的大栅栏又有什么关系呢？大栅栏特指前门外一片历史悠久的商业区，包括我所穿行的这些胡同。一个北京人不会按照字面的读音把它叫作大栅栏，而是叫它"大沙拉尔"。在我幼年的回忆中，"大沙拉尔"里面是一家又一家枯燥的布匹商行，大人精心挑选料子的时候，我望着柜台后面堆得高高的布匹，心里总是盘算着，要是能爬上去打几个滚，躺着休息一会儿该多好啊。早年前门外还有几家清真饭馆，记得当年里面是不卖酒的。食客们大多去近旁的铺子里打来啤酒，呱吧着嘴品尝。

大栅栏名字的由来，是因为这些胡同中的商铺在胡同口修建了栅栏大门，晚间的时候关闭，防止盗匪。几个商贾盘踞的大胡同，因为栅栏修得又高又漂亮，所以被称为大栅栏，也就成了这片街区的代名词。因此我臆想当时英军修筑栅栏的取材可能就是来自于这些大门。

根据这个假设，再根据现代版的北京市地图，我复制了当时的战场格局。需要指出的是，"前门"实际上由两个城楼组成。一个是当前位于天安门广场内的正阳门,另外一个是处于前门外大街中心的前门箭楼。箭楼是古代城防建筑具有战术意义的一环,它凸出城墙主体,便于居高临下进行攻击。同时箭楼和主城门中间的防护墙形成瓮城,便于对攻入箭楼城门的敌人进行夹击,瓮中捉鳖。

设想一:战局复原图

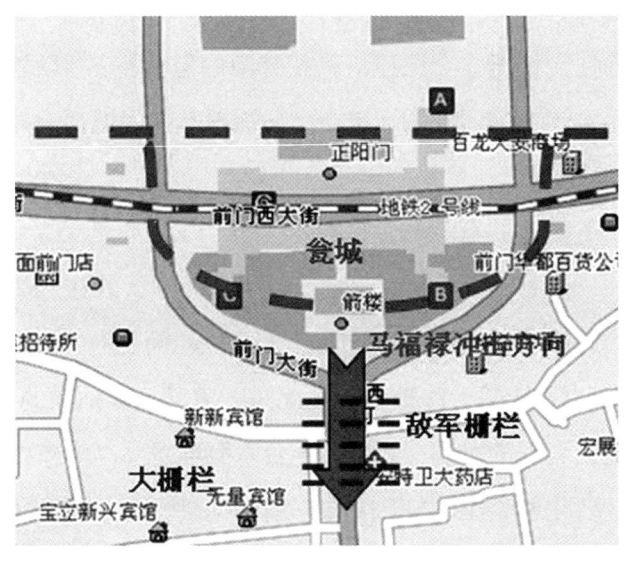

从中可以看出,坚守前门的马福禄不能再退了,后面就是天安门和紫禁城,中华民族的权力象征。于是他选择了绝地反击。诚然,在薛文波前辈所处的民族危难时期,这是一幅我们这个族群所需要的场景。然而从史实的角度来讲,它太过于理想化了。我产生了一连串的问号。首先,不同的史料记载有彼此矛盾之处:有些说马福禄是在防守中进行反冲锋,有些却说马福禄先丢了阵地,然后又向正阳门反攻。另外,有些说马福禄是在八国联军对北京发起总攻的时候镇守在前门,而有些又说马福禄坚守前门是为了配合义和团攻打东交民巷的使馆区。如果马福禄当时是和使馆区的洋人作战，那么他的进攻方向显然有问题。因为东交民巷是在正阳门的东北方！他怎么可能向大栅栏方向冲击呢？而且，发生在使馆区的战斗和八国联军的总攻发生在不同的时段，马福禄所参与的到底是哪一场战斗呢？再有，晚清时代前门外的胡同里面，是否还有众多的栅栏呢？

我相信这座城市不会向我隐瞒什么，满街的圣诞老人贴画和晃眼的霓虹遮不住它的韵味。站在川流不息的人群中，我四面观望着街市，那些迷失的栅栏究竟在哪里呢？家乡那位舍身夺栅的古人，究竟又是在哪里中弹倒下的呢？你一定会追问我的目的。不，我不是给一个民族罪人翻案，也不是质疑一个民族英雄。罪人与英雄不过是一对矛盾的统一体，我只是试图勾勒出一个人真实的存在。千百年来穆斯林在中国的存在就是一种极致的美，无须辩论，真相会为自己告白。

廊坊、杨村

我驱车行进在京津塘高速上，这是一条所有中国人都应该铭记的道路。在1860年和1900年，西方联军竟然先后两次沿着这同一条路线从塘沽登陆，攻占天津，进而逼近北京。庚子年间八国联军对北京的入侵大致可以分为三个阶段：

第一阶段，6月10日左右，联军方面四百多名武装人员进入北京，名曰保卫使馆。但是根据史料分析，这四百多名持有先进武器的人员实际上打破了京城的武力格局。而且联军和使馆方面的军事行动并不局限于防御，他们曾多次出击，客观上引发了义和团和清廷的对立情绪。同时，甘军也是在这个时期被调入京城，并且杀死了日本使馆的一名书记官，激化了双方的矛盾。

第二阶段，6月18日，英国海军中将西摩尔调集各国在塘沽的海军登陆部队共两千多人，沿京津铁路向北京方面开进，试图控制北京。在西方军界风传着一个狂妄的理论——一支两千人的西方军队足以贯穿中国，所向披靡。显然在20世纪初的中国，他们太乐观了。西摩尔的部队在杨村和廊坊之间受到了阻击，被迫撤回天津。马福禄参加了这场被誉为"庚子第一恶战"的战役。

第三阶段，7月初到8月中旬，大批联军在塘沽登陆并集结，攻下天津，并向北京发起了总攻。

根据记录马福禄生平的碑文，马福禄战死的日子是在7月2日，也就是农历六月六日。这个碑文是马福禄的胞弟，当时一同在阵前厮杀的马福祥撰写的，因此日子不可能有误。而且回族民间习惯给亡人过周年，因此对亡人归真的日子记录得应该很精准。于是我们可以推断出，导致马福禄牺牲的激战，绝不可能是八国联军对北京的总攻，而是在联军两次进攻的间歇，发生在清军和使馆区守军的战斗。

我找到了一张"旧地图"，在廊坊至杨村一线追溯当年的场景：

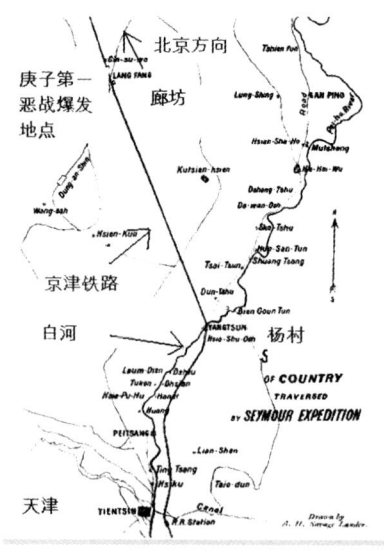

西摩尔的部队从天津坐火车出发，一边维修被义和团捣毁的铁轨一边推进。行至杨村，他们派出一支先遣部队预先到达廊坊。就是在这里，他们先前从使用冷兵器进行自杀式攻击的义和团战士身上找到的自信受到了打击。一支来自甘肃的清军部队横在他们面前，这支部队的指挥官之一就是马福禄。

当年的杨村铁路桥和桥头堡

从这支甘军的领导层，可以看出同治年间回民起义领袖的影子。在甘军统帅董福祥之下，按照官衔排列应该是马安良、马海晏和马福禄。马安良是马占鳌的儿子，继承了马占鳌在回民中的统治地位；马海晏是军中的老字辈，马占鳌变节求抚之后，他并没有从清廷那里捞到一官半职。他的职位是马占鳌给的，并委托他辅佐自己的后人，因此他应该在马安良之下。马福禄、马福祥兄弟和马安良是同辈中人，他们的父亲是马千龄。根据民间资料记载，马千龄在马占鳌投降清廷的决策中起了很大作用。他本人一直潜伏在清军中为马占鳌传递情报。

根据西方文献的记载，在廊坊和清军遭遇的这支部队由一名德军军官带领，联军方面战死六人。联军方面的目击人称，当时义和团冲在前面。虽然义和团得到了新式武器，但是没有受过正规军事训练的团民射击技术很差,很多子弹都打高了。因为准星的位置是给远距离射击设定的,义和团采用的是冲锋战术,到了近处又没有调整准星位置,所以普遍打高。而清军虽然参与了战斗,但只是偶尔发弹射击。联军方面事后认为,如果清军和义和团专业一点儿的话,这支联军肯定会被包围而全军覆没。但是我个人分析,甘军之所以没有发全力,是因为清廷在求战方面还不坚决,他们还抱着和洋人媾和的希望。依照这个逻辑分析,中方只是想阻止联军入城,保持政治解决的余地。将来还可以抛出义和团当替罪羊,甚至是甘军!马福禄等人令人扼腕的结局,在这一刻已经埋下了伏笔。

白河上的船只和纤夫

杨村的街巷沿河而居,已经找不到任何古战场的痕迹。在河畔的一间清真寺里,我受到了阿訇的热情款待,度过了难忘的一天。马福禄的身世并不在我们讨论的范围之内。礼过纱暮,我们在夜色中返回北京。路面上有很多素质不高的司机,会车的时候还打着远光灯,让人眩晕。我一边躲避着拉煤的大卡车,一边问同行的朋友如何看待马福禄。朋友较我更为嫉恶如仇,尤其憎恨投降清廷的民族败类。显然,在他看来马福禄的死并不像薛老描述的那么光彩，他只是充当了腐朽清廷的炮灰。是的，我也并不赞同政治教科书式的讴歌，但是我们在诠释自身历程的时候陷入了一个误区，马福禄的功过是非就是一个例子，他在民间的口碑和国家的清史中的形象截然相反，到底应该否定哪一个，肯定哪一个呢？我陷入了肯定与否定的思辨中不能自拔，在循环往复的历史游戏中，面对着来去匆匆的抽象角色，我的视野模糊了，还有这恼人的远光灯！

北京、三里河

1900年的三里河是京城西侧的一片田野，附近是朝廷侍奉月神的祭坛。一些回族人家逐清真寺而居，并且照管着一片墓地。庚子年的那个雨后的仲夏夜，刚刚经历了一场鏖战的甘军将士送来了一批埋体，包括马福禄和一起阵亡的同乡。不知那一夜清真寺的阿訇和乡老们是否为给这些亡人沐浴进行了争论。因为根据伊斯兰经典，在战场上牺牲的烈士不必清洗，可着血衣直接进入乐园。然而，马福禄是"舍西德"（烈士）吗？不管怎样，第二天的义地中多了数座新坟。这些河湟子弟均面向西下葬，望着他们远方的故土，那是圣地麦加的方向。

我走在阜成门外的月坛北街，试图在高楼中找到宣礼塔上的星月标志。或许在一百多年前那个没有月亮的夜晚，唤礼塔在低矮的平房院落中应该颇为显眼，护送埋体的穆斯林士兵也是如此寻觅着，为他们的同胞寻找归宿的吧。时至今日，墓地消失了，星月也在钢筋混凝土的丛林中隐匿。我好不容易才在一个胡同里找到了三里河清真寺，它倔强地从两旁的建筑物中挤出了一个门脸。

不是礼拜的时间，寺里十分静谧。这里有记录庚子战役马福禄牺牲场景的碑文，在礼拜殿后面我找到了它们。京城里这座小小的清真寺和西北建立起了剪不断的情感。庚子事变后的二三十年里，当年在三里河村埋葬亲族的甘军士兵大多位居国军将校。马福禄的胞弟马福祥更是进入了中央政府的领导层，先后担任军委委员和政府委员，并且一度掌管蒙藏委员会，治理西陲。可以想象，庚子年的那一场血战，深深地影响了20世纪前五十年间回族军政集团。顺着这棵家族树摸去，你会发现这支甘军的后人在其后的卫国斗争中依旧是中流砥柱。

马福祥在蒙藏和甘青之间游走，利用自己的智慧，在纷繁的民族宗教矛盾中维护了地区稳定。他曾经在西宁的塔尔寺舍身挽救了达赖喇嘛，这也就不难解释为什么后来蒙藏委员会在处理西康和藏区军事冲突的时候，马福祥有资格写信直言劝慰达赖。

1919年，英国窥视中国的西陲，北洋政府企图苟且地接受英国分裂藏区的条约，清末回民起义军"前敌总指挥"马海晏的儿子马麒向全国通电，公然叫板北洋政府。马麒当然有这样的勇气和资本，当年他在北京城头和洋人拼刺刀的时候，北洋政府的开山大佬袁世凯却按兵不动，蜗居在山东伺机观望。

抗日战争期间，中国在西北组建第八战区，所属第17集团军军长马鸿逵，为马福祥之子。第81军军长马鸿宾，为马福禄之子，后来被马福祥抚养成人。第82军军长马步芳和骑兵第五军军长马步青是马海晏的孙子。

马福祥受兄长马福禄的影响很大。他对于清末回民起义的认识就来自于马福禄：他认为清代的回民起义源于贪官污吏的盘剥，导致民不聊生。而官府动辄就武力镇压，导致回民激变，酿成大祸。而回汉之间长期猜疑，因此经常导致仇杀。以这些言论，我很难想象出马福禄是一个崇尚暴力、肆意残杀的人。1932年，马福祥同样在北京走完了他的人生历程，被葬在三里河他兄长的身边。

如今墓地已经荡然无存。中华人民共和国成立初期，不知道是哪个城市规划师竟然决定在这里建一座机场！我不知道这个短见的机场最后是否建成，但是墓地确实被荡平了。周恩来特地召见了马福禄的儿子马鸿宾，说明了迁坟的意图。在这个国家珍贵的记忆中，他们尚有一席之地。

在三里河清真寺我没有找到答案。碑文并没有记录马福禄阵亡的细节，只是提到他"授命正阳门"，为国捐躯。和很多回族人一样，我从小所接受的民族历史就是一部血腥的反抗史、一部悲愤的迁徙史、一部背信弃义的屠杀史。在家族长辈的言传中，马福禄在甘肃和青海办"善后"，也就是对参与起义的军民进行秋后算账，杀红了眼。开始的时候上交人头充数，后来人头多了嫌麻烦，改上交耳朵，两只耳朵算一个人头。然而，从马海晏、马福禄、马福祥，乃至后来的西北诸马身上，还可以读到另外一条主线，这里有对于历史沉积、国家情感和宗教义务更加深沉的认识和实践。

前门、东交民巷

从前门向东大约一公里，就是东交民巷，当年的使馆区。围绕着前门，我脑海中也形成了另外一个关于栅栏的假想。清史官方记录马福禄生平的《马公神道碑》中提到，当时"英人设十栅城头"。后来的历史学者把这句话诠释为"英军设立了十个栅栏，逼近城门"。我凭借着中学时代所学的并不过硬的古文知识，感觉"设十栅城头"中省略了一个介词"于"。完整的句子应该是"设十栅于城头"。翻译成白话文也就是"在城头设立了十座栅栏"。那么，这些栅栏看来不是在正阳门下，而是在正阳门附近的城墙上！

为什么以前的学者没有理解出这层意思呢？也许他们对史实的了解有三点欠缺：首先，对联军入侵北京的几个阶段和马福禄阵亡的时间不是很清楚。这其中也牵扯到一些公历和农历的转换。这些资源在他们那个年代并不充足。不像现在，有现成的网络程序可以轻松地换算时间。其次，有些人对北京的地形不够了解。当时东交民巷是在北京的内城，也就是正阳门以内。如果攻打使馆的话，断然不会是向正阳门以外冲击。最后，由于前门一带北京的旧城墙已经不存在，因此前人对于城墙的格局和厚度没有概念，难以想象出在上面可以进行攻坚战。更重要的是——正阳门东侧的城墙可以俯视东交民巷，是一个战略制高点！

下面这幅图描绘了这个假想：

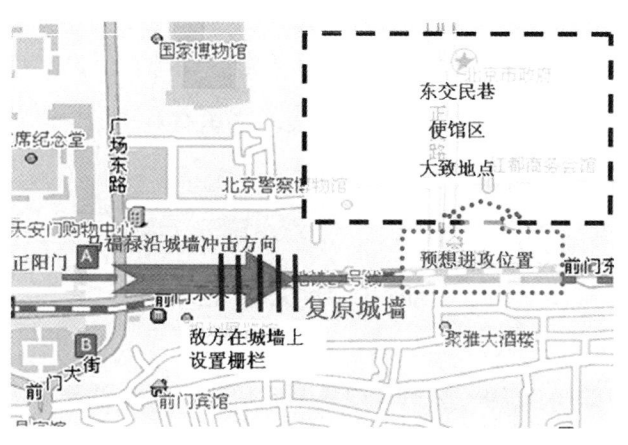

我认为这是一个更加合理的设想。然而在这个设想下，马福禄"授命正阳门"的意义则大打折扣。毕竟，攻击使馆和坚守领土不同。两国交战，不斩来使。我们的教科书大大宣传了抵抗联军的正义性，对于清政府攻击使馆的这一节却没有充分的解释。

留给我的时间不多，隔日我就要结束假期，告别北京去远行。我需要证实这个假想，我需要了解庚子事变的完整经过，我需要认识义和团运动的全貌。在这个巨大的课题前，我显得徒劳和无助。但我固执地认为这不是一个单纯的历史命题，它的解读之于我有着深刻的意义，它会改变我的人生。就这样，我带着一串问号离开了这座城市，去继续我的旅行。

图书馆

如果说西方社会有什么让我难以割舍的话，那么图书馆可以算作是一个。这里汇集了西方与东方的观点、基督徒与非基督徒的观点、左翼与右翼的观点。这种多元化的视点代表了一种气度和自信。

循着东亚资料库的书架，你便可以勾勒出中国的历史主线：明史—清史—太平天国—戊戌变法—义和团……这些人还不遗余力地搞来了中国所有县市的地方志。我借着午后的阳光在这里搜罗些书籍阅读。这里是一个寂静的乐园，只是有些寻找日本漫画的人偶尔路过。如果你能感受到这些书架中那种泰山压顶的内涵，你便不会感到安宁，你不是来猎奇，而是寻找使命。

西方人的资料里没有"义和团"这个字眼，如果按照字面翻译过去，那是一个十分拗口和不令人信服的词组。他们轻蔑地称义和团为"Boxer"，意思是"耍拳的人"。在他们的视野中，这是一群留着辫子的鄙俗的中国人。他们四处流窜，残害基督徒，对联军进行"自杀性袭击"。然而，在另外一个书架上，在简体中文世界里，他们又成了抵御外辱、反帝反封建的先行者。

西方人的文字中亦没有"侵略"这个字眼。在他们看来，八国联军是一支"征讨"部队，进入北京是为了解救被围困的使馆和教堂，惩罚恐怖分子。和如今的联军一样，这似乎是一个能够自圆其说的借口。然而,他们瓜分中国的潜台词是显见的。一百年前的G8各自心怀鬼胎。俄国人瞄准了东北，日本人蓄谋着福建，德国人则紧盯着山东，英国和法国则生怕旁人抢去了它们的地盘和利益，美国打着机会均等的招牌也不甘人后。这与其说是联军协同作战，倒不如说是列强之间各不相让的一个分赃聚会。

北京的使馆区在庚子国难中处于一个非常微妙的地位。前面已经提到，6月初进入北京的四百多名联军海军陆战队员，名义上是为了保护使馆，实际上这对于中国的领土主权是一种侵犯，因为使馆的安全应该完全由所在国全权负责。在那个丧权辱国的时代，清廷昏庸，政府无能，更无法控制义和团的群众运动，这给使馆"警卫"的入驻提供了口实。骄横的德方和美方占据了他们各自使馆后身的城墙，居高临下肆意向城外集结的义和团开枪射击。

此时甘军奉命进入北京。甘军并不是第一次进驻北京，在此前的甲午战争期间，甘军也曾经在北京一带驻防。后来调回甘肃，镇压了俗称河湟事变的回民起义。马福禄进入北京之后，对于时局的判断是清晰的。他指出义和团运动濒临失控，客观上起到了误国误民的效果，主张首先肃清义和团。他的建议显然不符合朝廷中弥漫的政治气氛。此时的慈禧和身边的几个佞臣王爷深信义和团刀枪不入的"神功"，决定操纵义和团，和洋人彻底翻脸。当时朝中几个主张节制义和团、和洋人谈判的重臣也都在政治斗争中败北，继而人头落地。

纵观马福禄的履历，就不难发现他为什么会有这样的洞察力和观点。其实义和团运动和西北回民起义十分相似，一个是洋人逼得破产的农民造反，一个是昏庸的地方官逼得回民起事。两者的起因都是正义的，但是都缺乏明确的前景，随着运动声势的不断壮大，很快就会失去控制。尤其是人民运动中的成分很复杂，免不了有投机分子混在里面滥杀无辜。马福禄家族所遵循的路线，是以强力而公正的势力肃清叛乱、整治地方。正所谓"国必自伐，而他人伐之"，对于中国自身和回族这个族群来说，这都是久经证实的教训！我们的回民起义固然有官府压迫的因素，可是又有多少起因是教派纷争、同胞相残呢？不胜枚举！

6月中旬廊坊战役取胜之后，清廷对十一国列强宣战，同时对使馆区的洋人下了逐客令，限他们立即离开北京。现在看来，这个宣战虽然是比较疯狂的，但是勒令使馆撤出北京确实是一个明智之举。因为北京没有洋人了，联军也就失去了入侵皇城的借口，北京或许可以躲过一劫。而各国公使决定固守，等待"援军"。当时信息不畅，他们没有料到西摩尔已经被打回了天津，这是促使他们做出这个决定的原因之一。但是根据时局可以分析出，他们还有更加微妙的意图——作为"钉子户"赖着不走，给联军入侵制造借口。马福禄就是在这个背景下，带兵从北京外围撤回，攻打使馆。

综合中西文的记录和图辑，我逐渐沿着时间主线，从空间上和战局中勾勒出了1900年7月1日至7月3日，也就是庚子年六月初六前后这三天里面，马福禄率领的甘军部队与东交民巷联军武装冲突的细节。

首先，为了证实前面的假设，我找到了两份庚子年北京市地图。分别是八国联军中英国和日本随军人员绘制的，地图中的细节勾勒得很精密。东交民巷几个使馆就紧挨着正阳门以东，哈德门以西的城墙。显然，从这段城墙上可以俯视整个使馆区，这是一个至关重要的战略高地。因此，早在冲突爆发之前，靠近城墙的美国和德国使馆就派武装人员占领了这段城墙。其间，德国公使克林德等人还曾经从城墙上向城外的义和团开枪射击。不管清廷对义和团的态度如何，作为外国使节，公然在中国的领土上射杀中国公民，已经是狂妄和无理之极。

当时的北京内城城墙

6月19日,清政府和各国宣战。20日,克林德在前往清廷外交部的路上被清军击毙,也算是报了他肆意射杀中国人的一箭之仇。在使馆人员拒绝离开北京之后,清军发起了对东交民巷的攻击。而在此之前,清军并没有介入义和团对东交民巷的围攻。从此,从北京外围调回的甘军部队,在阻击了西摩尔联军之后,又和先行进入北京守卫使馆区的联军发生了正面冲突。

6月下旬,使馆区守军注意到清军开始在正阳门和哈德门上部署火炮,因此对于德方和美方在城墙上的阵地格外重视。清史中所提到的"栅",就是他们在城墙上以及城墙和使馆之间布置的防御工事。根据西方的记载,应该是一些砖块、木材以及沙袋。而城墙上的甘军应该是由马海晏和马福禄等人统领,他们同样在城墙上修筑了掩体,和联军方面形成对峙。

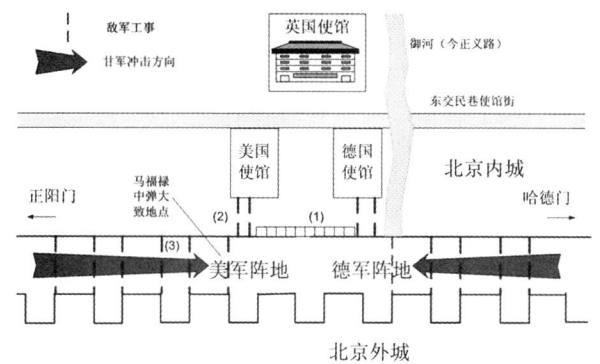

1900年7月1—3日,甘军马海晏、马福禄部攻打东交民巷示意图

上面的示意图对应的现代北京街区如下图所示:

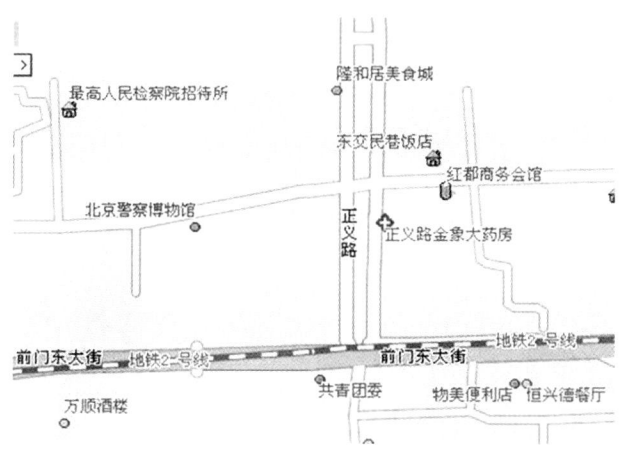

沿着前门东大街和地铁2号线,就是当年的城墙,正义路是当年的河道。而英、美、德使馆就应该在目前的北京警察博物馆附近。

从7月1日也就是农历六月初五起,甘军首先攻克了哈德门方向的德军阵地,并且一直没有丢掉。而美军阵地则得到了英国海军陆战队的增援,他们和甘军在这段城墙上展开了拉锯战。7月2日和3日,西文记载中也提到了大雨,与清史以及《马公神道碑》中所描述的相吻合。其间,美军、英军和俄军还曾经联合发动过一次反击,双方进行了白刃战。联军一度占领了甘军的阵地。之后,直至7月3日晚,甘军又进行了不间断的循环攻击。

从这些记载中分析,马福禄很可能就是在7月2日或者3日的进攻中牺牲的。射中他的子弹应该来自美国或者英国的海军陆战队。根据记载,当时驻守使馆的联军武装增援部队带来了机关枪,并在入城的时候特地炫耀以威慑中方。马克辛机枪在19世纪末由英国发明,射速极快,曾在镇压非洲殖民地人民反抗的战斗中一次性射杀了三千人。这也就是为什么在中方的史记中提到联军的火力密集"弹如飞蝗"。面对敌方强劲的火力,马福禄没有选择老于世故的观望,而是秉承甘军的传统,身先士卒,冲在了攻击纵队的最前头。如此突出的马福禄给了敌人一次致命射杀的机会,子弹从他的口中穿过。他当时一定在高声呼喊,是"冲啊——",还是"安拉乎艾克拜"(安拉至大)呢?它们的最后一个音节都需要张大的嘴形。从情感上,我希望马福禄高呼的是后者,这是一个穆斯林最理想的遗言。

示意图中(1)位置的实景。远处为正阳门。马福禄就是率部从正阳门向这个方向发起攻击

示意图中（2）位置的实景。这是美军在城墙地面上构筑的战壕，从城墙通向其使馆围墙

这就是城墙上甘军与联军反复争夺的工事。远景为哈德门

请凝视上面这幅图片，马福禄就是沿着我们视线望去的方向突击，并在这些墙壁间倒下。史料中所谓的"碑间殷血"，指的就是在这些墙垛之间。可见当时战斗的惨烈。

行文至此，在时间与空间上，这个关于栅栏的疑问似乎有了结论。

我一直避免着把它写成一份满是标注的报告,也许弄上几页哈佛标准索引会显得很酷。那不是我的本意。这不是一篇僵尸论文,也不是大鸣大放的宣传稿。它是一条心路,引领着我去摸索和选择。自从带着疑问离开北京,那个尚待证实的场景时常在我脑海中出现——那个雨夜中也有我,站在那段业已消失的城墙下注视着自己的同胞,聆听着带着乡音的呐喊。如果时光真的可以倒流,我定会加入他们,呼喊、冲杀、中弹、倒地,为那个腐朽政权的迂腐埋单。即便我和马福禄一样把这一切看穿,我又能选择什么?这是回族人的宿命,一个穆斯林的注定。

就在我徘徊在图书馆里查找资料,伏案记录的时候,这座图书馆根据联邦"反恐法令"的要求,对于藏书中有关"吉哈德"的字眼进行了清洗。西方并不是没有文字狱,只是焚书的理由比较高大上而已。然而这些举措是徒劳的,"吉哈德"是每一个穆斯林内心中最为顽强的信念和奋斗,它不仅仅是战斗和杀戮。与马福禄同期的另外一支回民起义部队——白彦虎所率领的陕西回民军没有选择投降,而是一路且战且退,体弱的妇孺在翻越雪岭重泽的时候选择了自尽以减轻队伍的负担。这同样是一场伟大的战斗和惨烈的牺牲。白彦虎率队定居在了中亚,扶犁阡陌,休养生息。生性浪漫,衣着色彩斑斓的中亚穆斯林同胞看到来自中国的"东干人"身着黑衣,终日在田间埋头耕种,于是称他们为"黑虫子"。看到这里,我不禁黯然神伤,同时也意识到靠关键字清除法来屏蔽"吉哈德"的举措实在是浅薄,真正的"吉哈德"就蕴含在这些深沉厚重的历史记载中。

北京、故宫

  我从位于劳动人民文化宫内的人才中心里取出了封存数年的个人档案，重新在这个社会里开始我的履历。三里河清真寺的一块碑文上，一位清代大学士在记录马福禄的阵亡时提到"故宫在此，鉴此孤心"。这庭院里到底还有多少沉睡、挣扎、有待释放的心灵？当年走的时候，我不确定自己是否还要回来。游走的路渐行渐远，而归乡的愿望却日益迫切。我手捧档案袋从天安门东侧的大门走出，出门的这条方砖路，过去是押送刑部宣判犯人的末路。异族的反抗首领，总是从这里被囚车押出凌迟处死。向南望去一千余米的地方，就是前门东侧的城墙的位置。一百年前的那个雨夜，同胞在那里奔袭战斗，留下了一枚记录历史的铜板，一面是"无谓牺牲"，一面是"壮烈殉国"。而那些远走异乡的同胞，固然做出了无可争辩的选择。但是他们的命运和生活从此和这个国家无关，变成了凄美的身影封存在了历史的琥珀里。我找到了真相，却没有找到答案。于是我决定回来，继续破解这个谜题，这答案就是——存在。

图书在版编目（CIP）数据

初夏的飞鸟：穿行于四季的旅途与省思 / 张洋著. -- 北京：华文出版社，2018.6

ISBN 978-7-5075-4896-9

Ⅰ. ①初… Ⅱ. ①张… Ⅲ. ①游记 – 作品集 – 中国 – 当代 Ⅳ. ①I267.4

中国版本图书馆CIP数据核字（2018）第065483号

初夏的飞鸟

作　　者：	张　洋
策　　划：	杨　平
责任编辑：	刘新颢　李　化
特邀编辑：	陶　鹰　周嘉玲
出版发行：	华文出版社
社　　址：	北京市西城区广外大街305号8区2号楼
邮政编码：	100055
网　　址：	http://www.hwcbs.com.cn
电子信箱：	sinoculturepress@yahoo.com
电　　话：	总编室 010-58336239　发行部 010-58336270
	责任编辑 010-58336216
经　　销：	新华书店
印　　刷：	北京画中画印刷有限公司
开　　本：	710×1000　1/16
印　　张：	10
字　　数：	90千字
版　　次：	2018年6月第1版
印　　次：	2018年6月第1次印刷
标准书号：	ISBN 978-7-5075-4896-9
定　　价：	28.00元

版权所有，侵权必究